Tsunamigott, address unknown. Erfasst vom Rausch ständiger Perspektivwechsel und verblockt mit dem Irrwitz einer wundersamen Tierfabel, fördert dieses Theater-im-Theater beständig bittere Wahrheiten zu Tage: Gesa hat einst abgetrieben und postuliert das Nichtmuttersein noch im Alter als feministischen Akt, Fenya hingegen erschafft sich ihren Sohn fortwährend als ikonische Vorspiegelung, um den Schmerz über die eigene Unfruchtbarkeit wachzuhalten. Der Zwist der Frauen und die unterschwellig dampfende Potenz der Ehemänner entwickeln am paradiesischen Alterswohnsitz von Tuvanaro ein viriles Eigenleben, das zwischen bleierner Lethargie und ausschweifendem Libertinismus mäandert. Glasiert wird das disruptive Setting von der neobarocken Dekadenz eines selbsternannten Tsunamigottes, der als autokratisch-verpeilter Alt-Hippie über eine von Idioten und Umweltfrevlern bevölkerte Insel wacht - ein elysischer Garten Eden und toxischer Ort zugleich: Je weiter die Menschen sich dort von ihren Ängsten entfernen, umso drastischer treten Tod und Vergänglichkeit an sie heran.
Der verstörend-mitleidlose Sprachduktus dekodiert das Drama insbesondere in der lakonischen Überhöhung als hochtourigen Zeitkommentar, als düstere Vorstudie zur zechenden, spätkapitalistischen Selbstdressur, die den Nahkampf aus monströser Vergangenheits- und aktueller Krisenbewältigung gegen sich selbst und aus sich selbst heraus führt. Hier folgen beiläufige Beschreibungen extremer Brutalität und Gewalt der Definition freudscher Triebabfuhr, wonach gelacht werden darf, wenn das Blut fließt. Herget hat seine episodisch gewirkte Groteske als Feldversuch angelegt, der die alles entscheidende Frage aufwirft, ob vollkommene Gefühllosigkeit in der Denkweise eines Anders Breivik möglicherweise doch reproduzierbar sei, wenn schon nicht real, dann bei der Inszenierung verworrener Grausamkeiten.

Thomas Herget wurde 1964 in Frankfurt am Main geboren. Neben seinem naturwissenschaftlichen Studium in Darmstadt publizierte er für Zeitungen im deutschsprachigen Raum. Es folgten literarische Förderpreise und Stipendien. Journalistische Tätigkeiten unter anderem für taz, Frankfurter Rundschau und Passauer Neue Presse. Über Jahrzehnte zeichnete Herget als Kulturredakteur bei einem Stadtmagazin verantwortlich, heute schreibt er für und über das Theater und den Hörfunk. Bekanntheit erlangten seine Dramen und Hörstücke, in denen er als weltweit erster Autor die Coronapandemie thematisierte. Er lebt in der Nähe von Kiel.

Thomas Herget
Tsunamigott, address unknown

Drama in siebzehn Dressuren

Veröffentlicht als Paperback bei BoD, 2024.
Alle Rechte vorbehalten.
Copyrigt © 2024 Thomas Herget/Rechteinhaber.
Gesamtgestaltung: Rhino Press.
Die Deutsche Nationalbibliothek verzeichnet diese Publikation
in der Deutschen Nationalbibliografie.
Detaillierte bibliografische Daten sind im Internet über
http://dnb.dnb.de abrufbar.
Verlag: BoD • Books on Demand GmbH, In de Tarpen 42,
22848 Norderstedt
Druck: Libri Plureos GmbH, Friedensallee 273, 22763
Hamburg
ISBN: 978-3-7597-6052-4

Inhalt

Tsunamigott, address unknown

für den Mann mit den Ein-Euro-Büchern
und den Zähnen von Günter Willumeit

Personen und Getier

FRAU FENYA
HERR JOON
FRAU GESA
HERR VITUS

DER ERZÄHLER
DIE ÄRZTIN
MICHAEL
TAXIFAHRER
TSUNAMIGOTT
LANDWIRT

SKORPION
PARADIESVOGEL
SCHILDKRÖTE

*sowie dreiundzwanzig weitere sprechende Objekte,
Körperzellen und Knallchargen*

Anmerkungen

Einlass zu diesem Theater wird ausschließlich Personen
gewährt, die sich unmissverständlich von Putin und dessen völkerrechtswidrigen Angriffskrieg gegen die Ukraine distanzieren. Zu diesem Zweck liegen für Besuchen-
de am Eingang und im Foyer Unterschriftenlisten aus.
Ergänzend sind auch Distanzierungen gegenüber Dieter
Nuhr, Lars Eidinger oder Juli Zeh möglich, die vom The-

aterpersonal mit einem wohlwollenden Lächeln quittiert werden und optional eine zwanzigprozentige Ticket-Rabattierung für die nächsthöhere Preisgruppe beinhalten. Bei einer glaubhaften wie schriftlich niedergelegten Abkehr von prominenten Impfgegnern wie Daniela Katzenberger und Lisa Fitz oder russlandfreundlichen Coronaleugnern wie Michael Wendler haben Zuschauer zudem das Anrecht auf ein Gratis-Programmheft und die kostenfreie Garderobenbenutzung. Außer bei den Frauen Fenya und Gesa sowie den Herren Joon und Vitus dürfen sämtliche Rollen im Stück mehrfach, veränderlich und genderfluid besetzt werden. Wo immer es sich dramaturgisch anbietet, sollten sich die Darstellenden tunlichst häufig und im fliegenden Wechsel auf offener Bühne verkleiden, um dem Theater-im-Theater-Affen Zucker zu geben. Der improvisationswütige Autor möchte dies keinesfalls als bedeutungsschwangere Reminiszenz an Crossdressing, Hosenrollen oder das Travestie-Theater missverstanden wissen, er glaubt vielmehr an die Schönheit des Stegreifs bei situativen Theaterproben sowie an die Notwendigkeit enger geschnallter Gürtel inner- und außerhalb des Bühnenbetriebs. Mit verschlanktem Ensemble, in kargster Ausstattung und bei deutlich gedimmter Raumtemperatur trüge die Aufführung sämtlichen Einsparmaßnahmen der Berliner Ampel-Regierung vollumfänglich Rechnung und hinterließe beim Publikum gleichnishaft ein Gefühl schicksalsgemeinschaftlicher Solidarität, welche beizeiten monetär auf die Konten der Ukrainehilfe umzuleiten ist. Auf der Bühne ist das Diktat des Rotstifts in eine Erotik der Askese und des

Verzichts zu transformieren. Reue, Einkehr und Selbsterkenntnis sollten wiederrum aus performativen Rollenstudien erwachsen. Hierbei könnte die Figur des Erzählers exemplarisch ein Textbuch mit sich herumtragen, das sie zweifelsfrei als „lernendes“, also entwicklungsfähiges Individuum ausweist, das sich unter der gegenseitigen Beeinflussung von Darstellenden und Zuschauenden achtbar bemüht, toxischer Männlichkeit zu entsagen und tradierte Denk- und Verhaltensweisen über Bord zu werfen. Neben der im Stück aufgegriffenen Musik dürfen gerne weitere Kompositionen verwendet werden. Ligeti, PJ Harvey, John Zorn und der späte Scott Walker gehen natürlich immer, schwarzhumorige Arrangements von Voodoo Jürgens wären eine Überlegung wert, würden jedoch einige der zuvor beschriebenen Forderungen und Maßnahmen, die das ideologische Rückgrat der Inszenierung bilden, konterkarieren.

Vorspiel zur Dressur: Haltungsübungen und die alles verzehrende Sehnsucht nach Michael

ÄRZTIN Werde ich noch gebraucht?
ERZÄHLER Für die Rolle, meinen Sie?
ÄRZTIN Für später. Als Ärztin gewissermaßen.
ERZÄHLER Kommt drauf an, wo es einen hinzieht am Abend. Das Publikum.
ÄRZTIN Also, ich geh dann mal, Sie wissen ja, wo Sie mich finden. Aber dass er tot ist, haben Sie mitbekommen?
ERZÄHLER Michael? Traurige Geschichte. Wir reden später drüber, solche Schicksale bleiben gemeinhin auf der Strecke, wenn es am Vorabend nicht gezogen hat.
ÄRZTIN Wo spielen wir morgen?
ERZÄHLER Auf dem Land. An der Grenze zu Polen. In einer Scheune.

ÄRZTIN Vielleicht lässt sich dem Tod dort ein Schnippchen schlagen.

ERZÄHLER Jeder Heuboden ist willkommen. Besser als Stadttheater. Grässlicher Brutalismus. Lässt sich nicht mehr beheizen.

ÄRZTIN Mir ist kalt.

ERZÄHLER Scheiß Siebziger. Aber die Bürgermeister sind zu feige, ihre scheußlichen Mehrzweckhallen in die Luft zu jagen. Ständig stehen ihnen Erben von irgendwelchen dänischen Stararchitekten auf den Füßen. Hinterher explodiert nur der Gaspreis, wenn alles unter Denkmalschutz gestellt wird.

ÄRZTIN Ich glaub, ich brüte eine Scheiß-Siebzigerjahre-Kälte-Phobie aus.

ERZÄHLER Sogar die Klimakleber drücken sich vor dem Beton.

ÄRZTIN Spielen die denn Theater?

ERZÄHLER Nö. Die meinen es ernst.

ÄRZTIN Ist der Witz in Tüten!

ERZÄHLER *besorgt* Sie frieren doch nicht wirklich?

ÄRZTIN *alarmiert* Hier! Schon stellen sich erste Härchen! *Sie präsentiert sie dem Erzähler, der ihren nackten Unterarm begutachtet, woraufhin der Ärztin aus dem Publikum heraus eine Pferdedecke angereicht wird, die sie sich dankbar über die Schulter wirft.*

ERZÄHLER Wir müssen sparen. Eisern. Gewöhnen Sie sich an den Gedanken.

ÄRZTIN Wie könnt ich's negieren, wenn noch beim Schlussapplaus die Zähne klappern!

ERZÄHLER Bleiben Sie meinetwegen bei der Kunst, aber machen Sie sich keine Illusionen. Sie werden künftig einem missmutigen Sparbrötchen die Stirn bieten müssen. Ich will ja nicht rumkritteln, aber mein Nuscheln wird immer schlimmer. Ich meine, ich habe kein Wort verstanden von dem, was ich eben gesagt habe, bei jeder skandalträchtigen Neuerung verschlägt's einem die lallende Sprache. Hinter jedem Dichter steht eine mächtige Muse. Nicht, dass ich nichts zu sagen hätte, aber jede ästhetische Reduktion hinterlässt eine schwere Zunge und verletzte Eitelkeiten. Sagen Sie frei raus, was aus mir geworden ist!

ÄRZTIN Ein Finanzbuchhalter, gefangen im Körper eines Narren. Wenn ich sie wäre, würde ich an dieser schlaffen Oberlippe arbeiten.

ERZÄHLER Sie wissen, ich schätze konstruktive Kritik. Selbst, wenn alle Züge abgefahren sind.

ÄRZTIN Ach, was soll's. Sie haben eben keine Antenne für die postmoderne Leere und ihr gebrochenes Bewusstsein.

ERZÄHLER Zu lang.

ÄRZTIN Sie sind tatsächlich infiziert, innerhalb der Grenzen des guten Geschmacks.

ERZÄHLER Muss gekürzt werden. Kürzer, kürzer,

kürzer!

ÄRZTIN Mistkerl! Nehmen Sie's nicht persönlich.

ERZÄHLER Mistkerle fliegen ebenfalls raus.

ÄRZTIN An diesem Mistkerl habe ich das ganze Wochenende über bis morgens um fünf gearbeitet.

ERZÄHLER Der Mistkerl eben war der beste Kackstiefel, von dem ich je gehört habe. Bei Gott! Stärkt das ihr angeknackstes Ego?

ÄRZTIN Geht das nicht zu weit?

ERZÄHLER Was würden Sie tun, um sich aus der Schlinge eines postmodernen Traumas zu befreien?

ÄRZTIN Klassische Anspielungen.

ERZÄHLER Zweideutigkeiten?

ÄRZTIN Dialektische Sprünge.

ERZÄHLER Wie die frühe Virginia Woolf?

ÄRZTIN Der späte Ionesco.

ERZÄHLER Der mittlere Sartre, okay?

ÄRZTIN Gut möglich, dass ich den Mistkerl ins Zentrum eines abendfüllenden Bilderrätsels stelle. Der erste Akt würde - *nichts wird gesagt*. Der zweite könnte - *nichts wird gesagt* und der letzte leuchtet einfach die Unendlichkeit des Raums aus.

ERZÄHLER Zwischen Orient und Okzident?

ÄRZTIN Zwischen uns.

ERZÄHLER Gestrichen!

ÄRZTIN Keine Ergüsse zu nachtschlafender Zeit, soll mir recht sein. Aber merken Sie sich eines: Talent lässt sich nicht unterdrücken!

ERZÄHLER Ich mache in den hellen Momenten meiner erbarmungswürdigen Existenz den Eindruck eines altruistischen Märchenonkels auf Sie? Wenn man romantisch veranlagt ist, sind letzte Eindrücke oft trügerisch.

ÄRZTIN Uh-huh, ich krieg garantiert keine Gänsehaut. Bilden Sie sich nichts drauf ein, nur weil ich am ganzen Körper schlottere.

ERZÄHLER *erwägend* Denken Sie wirklich, wir könnten sterbetechnisch einen Neustart wagen? Jetzt, wo Michael gegangen ist und alle Welt nach gemütvollen Proletarier-Komödien lechzt?

ÄRZTIN Ich habe große Lust, Leben zu schenken. Deswegen hat man doch Medizin studiert. Ich ertrage es nicht, Leute krepieren zu sehen, vor, auf und neben der Bühne. Wer hat uns eigentlich gebucht?

ERZÄHLER *blättert in einer Kladde.* Ein Paradiesvogel, so steht's geschrieben.

ÄRZTIN Sie schenken den Unterlagen Glauben? Gut. Tiere gehen immer.

ERZÄHLER Seine Kumpel bereiten mir Kopfzerbrechen. Abstoßende Kreaturen mit toten Augen, Stacheln und gepanzertem Chitin. Je weniger Zaster die armen Teufel haben, desto ekelhaftere Fantasien entwickeln sie.

ÄRZTIN Können Sie sich noch an die Lotto-Tippgemeinschaft erinnern? Heiliger Bimbam, den Mob hatten wir erst im Frühjahr.

ERZÄHLER Sind die im Anschluss nicht rüber in den Polacken-Puff?

ÄRZTIN Alter Schwede, die haben's vielleicht krachen lassen. Bis über die Oder hat man die Einschläge gehört.

ERZÄHLER Wir können uns die Auftraggeber nicht aussuchen, wir sind bankrott. Sackpleite. Ich werde dem Techniker kündigen müssen, dem Fahrer fürs Bühnenbild ebenfalls. Allen, die nicht an der Rampe stehen. Morgen. Nächste Woche. Ach, ich weiß nicht. Sie haben im Sprinter sicher Platz für die Kulissen?

ÄRZTIN Im Doppelbett?

ERZÄHLER Sie schlafen in einem Doppelbett?

ÄRZTIN Ist mir als Luxus geblieben. Was ist, soll ich mich entschuldigen? Sie wollen mir doch nicht den Duke unterjubeln? Nee, oder?

ERZÄHLER Den kriegt der Tierschutz. Harte Entscheidung, trotz zweifelhafter Papiere. Mir bricht's das Herz, keine Frage, aber die Töle entwickelt einen derart gesunden Appetit auf Biofleisch, dass einem schwindelig wird.

ÄRZTIN Vielleicht findet sich ein Plätzchen an meinen Füßen.

ERZÄHLER Haben Sie ihn neulich nicht gefüttert?

Dass er um Dosenware einen Bogen macht, müsste Ihnen doch aufgefallen sein?

ÄRZTIN Mit freilaufenden Angus-Rindern und Geflügel aus Gruppenhaltung locke ich den Duke an jeden Napf der Welt.

ERZÄHLER Der Bursche frisst uns langsam die Haare vom Kopf.

ÄRZTIN Es sind nicht mehr viele von uns übrig.

ERZÄHLER Pelé ist tot.

ÄRZTIN Wusste nicht, dass er krank war.

ERZÄHLER Der Tod ist ein Massaker. Beckenbauer ist auch schon in Ungnade gefallen.

ÄRZTIN Heutzutage sterben Leute, die früher nicht gestorben sind.

ERZÄHLER Einige Überlebende fühlen sich schuldig, weil sie überlebt haben. *Er greift sich an die Seite.* Mir ist komisch.

ÄRZTIN Ich versteh Sie kaum, wenn Sie nuscheln. Hatten Sie nen Schlaganfall? Strecken Sie die Zange raus. *Erzähler tut es.* Ziemlich kurz. Immerhin ist sie nicht gespalten. *Er zieht die Zunge zurück.*

ERZÄHLER Schon beim Aufwachen war dieser Schwindel. Vor Sonnenaufgang fiel der Buchfink tot vom Ast. Als ich aus dem Fenster sah, parkte die Müllabfuhr in zweiter Reihe vor dem Haus gegenüber. Ehemalige Fußballer hatten sich als Totengräber verkleidet, sie trugen Pelé auf einer Bahre nach draußen und kickten ihm zu Ehren auf dem Fahrweg. Während sie sich in einen blinden Rausch spielten, verspeiste der Duke den toten Pelé und streifte sich dessen Trikot mit der Nummer zehn über. Inzwischen hatten sich die Müllmänner die Straße hinaufgearbeitet. Unter den Protesten der Spieler fingen sie das in den brasilianischen Nationalfarben gewandete Tier ein und warfen es in den Häcksler.

ÄRZTIN Sie haben sich einen Virus eingefangen. Neben der Kürzeritis.

ERZÄHLER Ich möchte auf See bestattet werden, versprechen Sie's mir?

ÄRZTIN Wenn wir ihn nicht relaunchen, brauchen wir den Paradiesvögeln unseren Michael gar nicht erst unter die Nase zu reiben. Weder tot noch lebendig.

ERZÄHLER *erleichtert* Wir sollten ihn beerdigen - der Meinung sind Sie also auch?

ÄRZTIN Aus der Inszenierung nehmen? Als bewährten Sidekick? Wir wollten das Drama ursprünglich nach ihm benennen, erinnern Sie sich?

ERZÄHLER Himmel, wie naiv wir nur waren. Fast wie Kinder. Dumm wie Bohnenstroh. Haben Sie in letzter Zeit in den Spiegel geschaut? Sie sehen fürchterlich aus. Mit der Inflation ist das gesamte Ensemble vergreist. Über Nacht, so scheint's. Fühlen Sie sich nicht manchmal wie ein Gespenst?

ÄRZTIN Der Micha ist der Teil von mir, der nicht sterben darf.

ERZÄHLER Schmarren, Sie haben doch gehört, wie neulich einige im Rang Roland Kaiser skandiert haben. Okay, sollen sie doch, der Kaiser ist ja Sozi! Aber bei DJ Robin und Schürze bin ich raus, von jetzt auf gleich, ich kann doch auf Sie zählen?

ÄRZTIN Holla, die Waldfee! Hat da ein Rest von Grandezza in der Krämerseele des Pfennigfuchsers überlebt?

ERZÄHLER Ischgl und der Bierkönig sind rote Linien.

ÄRZTIN Wie Oder und Neiße?

ERZÄHLER Vergessen Sie Definitionen! Und Grenzen! Der Wind hat sich gedreht. Gegen uns. Alles fließt, nichts bleibt.

ÄRZTIN Alles über siebzig Minuten muss man erklären, vierteilen wie im Fernsehen, es ist eine Tragödie! Ich fühl mich wie die Cutterin von „Lola rennt", immer schnell, schnell! Meine Gebärmutter sackt ab, rauscht ungebremst durch den Beckenboden. Altes Frauenleiden, haben Sie eine Vorstellung von Hitzewallungen?

ERZÄHLER Ich radiere mich als Erzähler aus dem Stück, wenn's die Leute ins Tingeltangel zieht, großes Indianer-Ehrenwort! Orte, an denen man der Ironie den Riegel vorschiebt und der dumme August das

Zepter schwingt, gehören großräumig umfahren. Unwahrscheinlich, dass diese Hanswurste im Parkett je etwas von Ironie verstehen werden, doch was unternehmen wir, wenn Jan und Jedermann plötzlich bizarre Allergien gegenüber verflochtenen Erzählformen entwickeln? *Abwägend* Müssen wir kürzen.

ÄRZTIN Der Mensch findet Halt in der Zerstreuung, die Kunst aber wirft ihn tausendfach auf seine Bedeutungslosigkeit zurück.

ERZÄHLER Wie lange waren wir weg?

ÄRZTIN Neun Monate.

ERZÄHLER Wir könnten Schwangerschaften als schöpferische Time-outs camouflieren.

ÄRZTIN Mutterschutz? Holen Sie mal Luft.

ERZÄHLER Unbezahlt natürlich. Damit kommen wir über den Winter.

ÄRZTIN Mistkerl!

ERZÄHLER Ich sollte Sie als Trostpflaster besetzen. Trotz ungezügelter Gebärmutter. Idealerweise in einer Doppelrolle als griechische Nymphe und Mutter Teresa. *Irritiert* Was ist, haben Sie ein Haar im Mund?

ÄRZTIN Entschuldigung, mir liegt gerade ein Geschmack von Pflaumen in Salbei auf der Zunge. Die Mangold-Törtchen in der Rotunde während der Pause. Die Lachsforellen-Klopse mit Kapernschmand. Die alten Zeiten. Manchmal schmecke ich

Premierenfeiern noch nach Jahrzehnten aus meinen Erinnerungen heraus.

ERZÄHLER Gestern ist mir tatsächlich der Geruch von Ziegenkäse mit Wasabinüssen in die Nase gestiegen, nachdem ich die Ravioli-Dose auf den Campingkocher gestellt und die Abfalleimer am Badesee nach Pfandflaschen abgesucht hatte.

ÄRZTIN Warum spielen wir nicht mehr für die Hautevolee? Schaut die jetzt Netflix? Solche Serien, in denen es nie hell wird?

ERZÄHLER Die Privattheater schaffen es nicht mehr den Geesthang hinauf. Unflexibel und verquast kommen sie auf halber Strecke ans Ende ihrer Kräfte, da kannste nix machen, Blankenese, min Deern. Nich' lang schnacken, Kopp in Nacken! Smartphone-Verbote zahlen nicht ein in unsere Branche, höchstens beim Russen und Chinesen, der Harvestehude kapert und die Trockendocks bei Blohm und Voss mit Pekingopern flutet. Gaspreisbremse und Wirtschaftskrise? Haben die einhundertfünfundzwanzig Stufen als geldwerte Vorteile im Schweinsgalopp genommen. Altschulden als frisches Stiftungskapital lassen den ehrbaren Kaufmann dichten wie Rilke und von Norditalien träumen, Mensch, liegt das nicht südlich der Elbe? A Franzbrötchen a day keeps the doctor away! Jana Pareigis und Christian Sievers fallen den Streamingdiensten zum Opfer, jetzt bloß keine neuen Sturmfluten zur Abendröte überm Mühlenberger Loch, in Hamburch sagt man Tschüss! Stattdessen anklopfen, Schuhe aus, Platz nehmen und Cotton-Club-Jazz lauschen, der noch zu High End von Rega rotiert, wenn die Elbvorortsmenschen damit ausgelastet sind, ihre Elbvorortskinder im Range Rover zu den Hockeyplätzen zu karren. Sattgrüne zwanzig Millimeter unter selbstfahrenden Rasensprengern. Einst Lotsen und arme Schlucker, heute Reeder und Rolf Zuckowski, all jene, die keine Lust auf die Schanze haben und in Eppendorf nicht beim Altwerden ertappt werden wollen. Uns Uwe hängt tot in den Rahen, schau hin, dort drüben, ein letzter Gruß von der Rickmer Rickmers. Zuhause ist, wo die Wellen sind. Klar hat der noch mit ner umwickelten Schweineblase im Hinterhof gebolzt und sich vor Gregory Peck in „Moby Dick" gefürchtet. Na, min Jung, wie heißt du denn? Manchmal sitzt einer auf der Bank, wenn die Queen Mary zwo vorbeischwimmt, um Armeslänge weiß, blau, rot. Near, far, wherever you are. Große Freiheit Nummer sieben trifft Chanel Nummer fünf, die Weibchen transpirieren Botox und Hyaluronsäure und führen sich dank Micro-Needling und Vampirlifting auf wie Graf Koks von der Gasanstalt. Nachts hängen sie in Kolonien kopfunter an den Kronleuchtern ihrer vergoldeten Käfige und kuscheln im Überschwang der Gefühle, was den Energiebedarf deckelt und doch vom gleißenden Licht wie auf Kampen träumen lässt. Vom Treppenviertel barfuß zum Strand, Möwen inklusive, dazu Hamburger Pannfisch für fünfzig Euro, wurschtpiepe, der Taxifahrer bedankt sich nicht mal fürs Trinkgeld. I believe that the heart does go on. Hat sich dort nicht einst Hans Söhnker mit Hans Albers um Ilse Werner geprügelt? Hummel, Hummel! Mors, Mors! Immerhin durfte man früher den eigenen Kuchen mitbringen, heute gibt's rote Bermudas, Koriander vom Alten Land und Typen mit Freundschaftskettchen, die ihren 911er noch selbst fahren. Auf, Matrosen, ohe!

ÄRZTIN Wollen wir den Porschefahrer nicht einbauen in eines unserer Stücke? Subtil natürlich. Wäre populärer als Jana Pareigis.

ERZÄHLER Als Ersatz für Michael?

ÄRZTIN *empört* Witzbold! Nur über meine Leiche! *Sie will gehen.*

ERZÄHLER Nein, bleiben Sie! Laufen Sie bitte nicht weg! Warum so dünnhäutig? Sie wissen doch, wie mühsam es ist, eine tüchtige Stabsärztin aufzutreiben.

ÄRZTIN Dann darf er bleiben?

ERZÄHLER Wenn Sie es wünschen und -

ÄRZTIN - Und?

ERZÄHLER Die alten Pfeffersäcke draußen lassen.

ÄRZTIN Na und ob, ich schreib dem Michael umgehend was Unverfängliches ins Rollenfach, ein launiges Update sozusagen, warten Sie's ab! Einblicke in die Zukunft der Theaterwelt wird's eröffnen. Endlich mehr Licht in der Scheune, im Puff und auf die Polacken, damit sind Sie doch einverstanden?
ERZÄHLER Machen Sie, was Sie wollen, aber gehen Sie.

TEIL EINS: HURRA, HURRA! TAGE DES ZORNS,
ABER GRUND ZUR PANIK?

Erste Dressur - Der eingebildete Kranke

HERR JOON Hier müsste sie sein. Genau hier.
FRAU FENYA Die Insel?
HERR JOON Warum ist da nichts auf der Karte?
FRAU FENYA Joon, wir fliegen. Piloten haben keine Karten mehr. Alles Fly-by-Wire. Willkommen im Überschall-Zeitalter.
HERR JOON Aber wir hatten immer Landkarten. Selbst in Jesolo. Und frische Bademäntel. Für den Lido.
FRAU FENYA Wir hatten auch Kohle-Compretten gegen Durchfall, hat's was genutzt? Kacka machen am Brenner, rituell hinterm Goggo, kichernd mit runden Rücken vorm Stubaier Alpenpanorama. Den

Zweitakt-Qualm überm Wipptal in der Nase, dazu Buletten-Stullen mit Kathreiner-Kaffee und gelben Enzian, den du mir ins Haar stecktest, wilder Gesell. Quando-Quando und Lup-Di-Lu, wir hatten den Twist im Blut, träumten von Hawaii und lauschten Catharina Valente aus dem Transistorradio. *Sie singt berauscht* Itsy Bitsy Teenie Weenie Honolulu-Strand-Bikini.

HERR JOON Lebt die noch, die Valente?

CATHARINA VALENTE *von der Seite* Klar doch. Frisch geliftet und aufgespritzt.

HERR JOON *zu Fenya* Hast du was gesagt?

FRAU FENYA Denk an das Algemarin und die Batterien für dein Hörgerät. Wir könnten abstürzen. In der Wildnis.

HERR JOON Fenya, diese Insel ist Wildnis. Alles, was nicht auf Karten eingezeichnet ist, steht mit dem Teufel im Bunde.

FRAU FENYA Hast du die Sukkulenten gegossen?

HERR JOON Sicher doch.

SUKKULENTE Lügner! Pflaumenaugust!

FRAU FENYA Es sind so dankbare Pflanzen. Winterhart.

HERR JOON Hab ich dir gesagt, dass ich sie austauschen wollte? Gegen was Abwaschbares aus Plastik?

SUKKULENTE Ich werde in deinen Hals furzen! Fass mir bloß nicht an die Wurzel!

FRAU FENYA Wo gibt's denn noch Lebewesen, die sich alle paar Monate mit nem Glas Wasser und nem Fingerhut Stickstoff zufrieden geben? Dass du immer in Kategorien von Wartungsfreiheit denken musst.

SUKKULENTE Einmal Ingenieur, immer Ingenieur.

HERR JOON Du, ich hab gerade so ein Pfeifen im Ohr, wird sich hoffentlich nicht zu nem Tinnitus auswachsen. Vielleicht sollte ich die nächste Maschine nehmen. Weißt du, dass Clapton nur überlebt hat, weil er nach nem Konzert Stevie Ray Vaughn den Sitzplatz im Hubschrauber überlassen hatte?

FRAU FENYA Schauerlich. War das nicht in Altamont?

HERR JOON Hör mal, in Altamont haben sie nen Schwarzen erstochen, zu „Under My Thumb". Anschließend wollten sie den Jagger lynchen.

FRAU FENYA Wie jung wir doch waren. So jung. Und unerschrocken.

HERR JOON Aber der Stevie ist abgeschmiert in dieser überladenen Kiste, wollte Hals über Kopf zu seiner neuen Freundin jetten. Früher hat er nach jedem Gig ne Steige Jacky-Coke abgeräumt und sich entspannt ne Tüte gebaut. Guter Junge. Konnte die Alte nicht warten? -

Fenya bewegt lautmalerisch die Lippen zu Joons Sät-

zen, weil sie ihn beim Vortäuschen des Hörverlustes stellen möchte. Sie kann jedoch nicht gänzlich vermeiden, dass ihr seltsame Laute und Töne entfahren.

HERR JOON - Was ist, hast du etwas gesagt? Soll das ein Test sein? Du glaubst mir nicht? Verstehe, du hältst deinen Ehemann für einen Lügner, für nen eingebildeten Kranken mit moderater Belastungsinkontinenz. Ha, wenn du dich so sehen könntest! Wenn du wüsstest, dass dich deine Augen verraten!

FRAU FENYA Ich möchte mich nur vergewissern, dass uns dein Horchi keinen Streich spielt im Flieger.

HERR JOON Gutes Hören ist das Plätschern des Regens. Das Lachen der Kinder. Lachen überhaupt. Mit solchen Errungenschaften treibt man kein Schindluder.

FRAU FENYA Wer sagt das? Clapton?

HERR JOON Außerdem hilft es, die Gehirnleistung zu erhalten.

FRAU FENYA Sagt gerade der Richtige.

Ein Flugzeug donnert über sie hinweg.

HERR JOON Ich verstehe kein Wort. *Puhlt kreuz und quer in seinem Ohr* Du, der Lauschi hat sich soeben verabschiedet, großes Ehrenwort. Können wir nicht umbuchen? Auf nächste Woche? Son Fiepen klingt wenig vertrauensbildend, mehr nach ner Jahresinspektion. Ich denk, ich hab mir ne schwere Lungenfibrose eingefangen.

FRAU FENYA *zu sich selbst* Da verstecken sie den High-Tech-Kram absichtsvoll in Stecknadelköpfe, aber mein Gatte bekommt selbst das zerlegt.

HERR JOON Nenn mir bitte einen vernünftigen Grund, wieso ausgerechnet diese fiesen Winzlinge unseren Staubsauger an Lebensjahren überdauern sollten?

FAU FENYA Die Lebenserwartung einer Frau ist normalweise zehn Jahre länger als die eines Mannes.

Er wird von einem Hustenanfall erfasst, der ihn heftig durchschüttelt.

HERR JOON Langsam verliere ich die Kontrolle über meinen Körper. Ich bin krank, sehr krank. Hörst du die Signale? Warum wohl dreht sich seit Wochen die „Götterdämmerung" aufm Plattenteller? Nun denn, scheinst dich ja prächtig über mein Hundeleben als morbider Wagnerianer zu amüsieren, herzlichen Glückwunsch auch! Je mehr du sie verhehlst, desto mehr ist dir die Freude über meinen Verfall anzumerken.

FRAU FENYA Du wirfst mir Überschwang vor? Denkst, du könntest Barmherzigkeit einfordern?

HERR JOON Selbst wenn mir der Grips entweicht wie Luft aus nem porösen Reifen, so ächze ich doch achtbar unter der Melancholie eines vertrottelten Gemüts.

FRAU FENYA Da ist es wieder, dein scheiß Selbstmitleid, das Zaudern! Warum sagst du nicht unverblümt, dass du an deiner angestammten Fensterbank hopsgehen und unsere Insel in den Wind schießen möchtest? Mich lässt's kalt, wenn dein kleiner Mann im Ohr unter den arthritischen Fingern zerbröselt, wen interessiert's groß? In kleine Stücke zerrieben während einer deiner ausgiebigen Nickerchen, weiß der Kuckuck, schlummerst ja blitzartig weg, wenn ich dich rüffle!

HERR JOON Jetzt missbilligst du sicher gleich die Frühverrentung, geht bei dir in einem Atemzug.

FRAU FENYA Glaubst du, die haben kalten Quark gegen Sonnenbrand?

HERR JOON Auf der Insel? Die Kanaken?

FRAU FENYA Das ist ja der Grund, warum wir hier rausmüssen: Dass du mal unter normale Leute kommst. Nicht bloß unter Wagnerianer.

HERR JOON Ich verstehe dich nicht. Du musst lauter reden.

FRAU FENYA *leise* Faltenpimmel.

HERR JOON Dein Pimmel wird neunundsechzig. Am achtzehnten Dezember. Willys Geburtstag.

SUKKULENTE Mehr Demokratie wagen, hahaha.

FRAU FENYA Schleppt ihr Unverstandenen und Zukurzgekommenen euren Groll ruhig weiter wie Fassbomben herum, Gott behüte, niemand möchte euch ins Herz treffen und Hand anlegen an sorgsam gepflegte Ressentiments. Wurde euch der Seelenschutt als ideologisches Marschgepäck in der Schule eingebläut oder sind das Gendefekte? Wundert dich die Frage?

HERR JOON Nein. Warum fragst du?

FRAU FENYA Weil ich dem Anschein nach ein Zirkuspferd geheiratet habe! Außerhalb der Manege weiß es ohne Publikum nichts mit sich anzufangen, rennt bloß dusselig gegen Wände. Joon, du müsstest dich reden hören - klingst wien sozialistischer Snob, wien Ewiggestriger.

HERR JOON An der DDR war nicht alles schlecht.

FRAU FENYA Doch. Alles. Schon ihre Gründung war ein Irrtum. Bis zum Ende ist sie ein Dreckloch von einer Versuchsküche geblieben, und Algemarin gab's auch keins. Aber bitte, nur zu! Wählst du eigentlich schon diese Partei, der jetzt alle wie hirnamputiert nachlaufen und die ne stinkende Schleimspur bis in den Kreml zieht?

HERR JOON *während er erzürnt an der Verkabelung seines Hörgerätes herumpfriemelt* Ich hör nichts, du musst lauter sprechen! Hattest du's vom Konsulat? Hoffen wir mal, dass dir die Lakaien vom Auswärtigen Dienst keinen Folterstaat aufgeschwatzt haben. *Ein weiteres Flugzeug, das über sie hinwegdonnert.* Wann geht noch mal unser Flieger?

FRAU FENYA *alarmiert* Ach, du Schreck, den hätte

ich beinahe vergessen! Weil - weil ich an alles denken muss, hast du überhaupt kein Zeitgefühl? Nicht zu glauben, der Taxifahrer steht auch schon vorm Haus!

TAXIFAHRER Ooch, der kann warten. Wenn das Taximeter scharfgestellt ist, fällt der Fahrer augenblicklich in ein bleiernes Phlegma. *Er gähnt.*

HERR JOON Ich sehe unsere Namen schon auf Todeslisten der CIA.

FRAU FENYA *bänglich* Zusammen mit Pierre Vogel und Salman Rushdie?

HERR JOON Fluggesellschaften sollen exzellente Beziehungen zur Mafia unterhalten. Zu echten Autokratien.

TAXIFAHRER Taxifahrer ebenfalls, hahaha.

FRAU FENYA *blickt besorgt nach draußen.* Der Bursche muss ganz durchgefroren sein, wenn er mit der Kippe so lange vor seiner Schrottschüssel ausharren muss.

TAXIFAHRER Berufsrisiko. Zeit ist Geld. Mein Geld. Die Uhr tickt.

HERR JOON Weißt du, warum sie mich rausgeschmissen haben, so kurz vorm Ruhestand?

FRAU FENYA Joon, bitte! Wir müssen los. Unsere Freunde sollten nicht warten.

TAXIFAHRER Frau Gesa und Herr Vitus. Keine Ahnung, wo die abgeblieben sind.

HERR JOON Die Heizung. Es ging um Energie.

FRAU FENYA *perplex* Was?

HERR JOON Das war der Kündigungsgrund - fehlende Wärme. Dabei hatte ich bereits auf die Hälfte des Gehalts verzichtet, richtig in den Staub geworfen hab ich mich vor denen. Hört mal, hab ich gebettelt, zu dem Schmerzensgeld schamponiere ich euch jeden Samstag die Dienstwagen für umme, wenn ihr auf fünfzehn Grad hochgeht, in Ordnung?

FRAU FENYA Und?

HERR JOON Zwölf, haben sie gesagt. Zwölf. Das war ihre Schmerzgrenze.

FRAU FENYA Bei der erfriert der Mensch. Selbst der Ingenieur, den die Ideen noch wärmen.

HERR JOON Allmächtiger, die haben vielleicht gebibbert, wenn die Preiserhöhung des Gasversorgers reingeflattert kam.

TAXIFAHRER Tja, was soll ich sagen? Hab ne Flatrate bei Webasto.

FRAU FENYA *zu Joon* Hast du auch wirklich die Sukkulenten gegossen?

HERR JOON Wie ein Tsunamigott habe ich's über ihnen regnen lassen.

SUKKULENTE Kratz die Kurve! Sieh zu, dass du Land gewinnst, deine Mutter ist eine Schildkröte und du bist hässlich wie ein Salat! Heichelheimer Klöße und Großpostwitzer Dosenobst haben dir Knochengeige wohl das Hirn verkleistert, wenn du uns noch bei deinem Heimgang vertrocknen lässt wie ordinäre Primeln.

FRAU FENYA Hast du gehört, wie die Sukkulente dir ans Bein gepisst hat?

HERR JOON Lass sie zetern. Die ist bloß neidisch, dass sie nicht ficken kann.

FRAU FENYA So ein frigides Aas.

HERR JOON Werde sie trotzdem vermissen.

FRAU FENYA Filinchen aus Apolda oder die Sukkulente?

HERR JOON Catharina Valente an der Fensterbank.

FRAU FENYA Kann nicht nachgesendet werden. Hat mir das Täubchen vom Amt gesteckt. Auf solche Entfernungen verglüht es gemeinhin, das ganz große Schlagerglück.

HERR JOON *traurig* Der Theodor im Fußballtor. Gerade erst eingewechselt.

FRAU FENYA Die Mimi, die ohne Krimi nie ins Bett steigt - was treibt die bloß in all den tropischen Nächten?

HERR JOON *aller Illusionen beraubt, nachhakend* Und der Postlerin sind beim Kriminal-Tango wirklich die Hände gebunden?

FRAU FENYA Aber bei Zahnersatz und Rente bräuchten wir uns keinen Kopp machen. Ist das nicht tröstlich?

HERR JOON Bescheide und Mahnungen finden immer einen Empfänger.

FRAU FENYA Ich weiß von nichts. Ich bin bloß eine Frau mit einer fragilen Psyche, die an das Behördliche glaubt.

HERR JOON Was ist? Hast du was auf dem Kerbholz?

FRAU FENYA Was mich betrifft, äh - lass nur, ich hab - ich hab gerade ne Panikattacke. *Kuschelt sich an ihn heran.* Bist du wirklich sicher, dass der Post der Sprung über den großen Teich gelingt? Dienstag haben wir drüber geredet. Am Abend hab ich die Tabletten abgesetzt.

HERR JOON Ist alles in Ordnung? Da ist doch was! Schau mich mal an!

FRAU FENYA *schaut betreten zu ihm auf.* Mensch, das Täubchen haut vielleicht auf den Putz. Die klotzt wie dolle im gelben Overall und degradiert die Menschen nicht zu Absendern und Empfängern. Neulich hatte sie's von Kutschen und Pferden und dem römischen Kaiser Augustus, der wohl der Erfinder des Ladens war, dabei hab ich heimlich, still und leise gehofft, dass sie mir bei den Briefkörben Mut zuspricht. Pustekuchen!

HERR JOON Soll ich den Sanitäter rufen?

FRAU FENYA Du, ich hab Angst vor dem Tag, an dem der Briefkasten schweigt. Richtig Muffensausen.

HERR JOON *ruft* Sanitäter!

FRAU FENYA Welch wilden Veitstanz werde ich erst aufführen, wenn nur mehr Prospekte und Gutscheincoupons durch den Briefschlitz flattern!

HERR JOON Baby, wie alt bist du? Ich habe keine Lust mehr auf dunkle Heizungskeller, erinnerst du dich, als wir dich an der Steigleitung fixieren mussten? Mit Kabelbindern. War das nicht vorm Neunzigsten deiner Tante aus Adelaide?

FRAU FENYA Wenn du mich loswerden willst, brauchst du mich nicht in Kost zu geben wie diese meschugge Mumie. Okay, flieg ruhig, ich komme dich von Zeit zu Zeit besuchen.

HERR JOON Fenya, sie haben die Feldpost immer nachgesandt, in Buddelflaschen und Jutesäcken, selbst jene aus Niger und Burkina Faso. Weißt du noch, wie wir vor Palau mit Adlerrochen und Weißspitzenriffhaien auf Tuchfühlung gegangen sind? Kein Tag ohne Kriegsberichterstattung. Du hast gefeixt wie Beate Uhse.

FRAU FENYA Ich hab geätzt wie Leni Riefenstahl, Blödian!

HERR JOON Das Briefwesen ist ein global operierender Krake. Für den existieren keine weißen Flecken auf Landkarten. Möglicherweise erwartet uns Michaels erster Wäschekorb bereits an dieser bezaubernden Residenz.

FRAU FENYA Es ist genug, Joon. Genug, habe ich gesagt - *Er versucht ungestüm, ihr den Rollkoffer zu entreißen, um sie zum Abmarsch zu animieren, wogegen sie sich mit den probaten Mitteln einer tatterigen Dame zur Wehr setzt.* - Klar, dass du Schweinigel ihn erwähnen musst. Die letzten Stunden auf heimischer Scholle - scheren dich natürlich nen feuchten Dreck, kleiner Agent Provocateur! Keine Etikette, keine Verwandten, schon wie du seinen Namen aussprichst, verrät es deine vulgäre Lust an der Verunglimpfung, und wenn du den Mund aufmachst, liegt ein Hauch von Winter in der Luft. Das ist Gift, pures Gift für ein Mutterherz! Kein Tag ohne Nadelstiche.

Sie gehen. Der Taxifahrer schnippt seine brennende Zigarette über die Bühne und uriniert gegen den Kotflügel seines Fahrzeugs. Catharina Valente singt „Wo meine Sonne scheint“, ein nur gelegentlich lippensynchrones Playback zu einer übel verkratzten Schallplattenaufnahme. Die Sukkulente hält sich die Ohren zu.

CATHARINA VALENTE Ich grüß meine Insel im Sonnenlicht/ Das sich silbern und hell im Morgen bricht/ Ich grüß der Heimat flimmernden Sand/ Die braune Hütte am Meeresstrand/ Wo meine Sonne scheint/ Und wo meine Sterne stehen/ Da kann man der Hoffnung Glanz/ Und der Freiheit Licht in der Ferne sehen/ Ich denk an Last und Pein und Not/

An den Ruf der Trommel im Abendrot/ Ich denk an dich und dein Schattenbild/ Das sich in goldene Träume hüllt/ Wo meine Sonne scheint/ Und wo meine Sterne stehen -

Die Sukkulente schält sich wie ein konvulsives Häutungstier aus ihrem Untertopf und schleudert ihn der unechten Catharina Valente an den Kopf: Plong! Während die Musik aus dem Off weiterspielt, torkelt die Gesangsdarstellerin noch eine Weile besinnungslos über die Bühne, sackt dann blutend unter dem teilnahmslosen Blick des Taxifahrers zusammen. Sukkulente inmitten der folgenden Gesangsstrophen ab.

- Da kann man der Hoffnung Glanz/ Und der Freiheit Licht in der Ferne sehen/ Ich seh sie knien im hohen Rohr/ Und höre von fern der Freiheit Chor/ Ich seh die Hand, die zum Himmel weist/ Und fühl den Schmerz, der Heimweh -

Keine Musik. Stattdessen kratzt die Nadel des Plattenspielers misstönend über die Rille, im Anschluss wird der Tonarm rabiat vom Plattenteller und aus der Kakophonie diverser Geräusche genommen. Stille.

Zweite Dressur - Der Oberstabsarzt

MICHAEL Liebe Mutter, zwei Drittel der Kompanie sind mit dem Kicker-Virus infiziert. Ich selbst habe mich mangels Talent stets davon ferngehalten, nach etwas Geheimtraining dribble ich jetzt immerhin im Mittelfeld mit. Verliert man zu null, muss man unter dem Tisch durchkrabbeln und dies unterseitig mit einer Signatur beglaubigen. Mittlerweile habe ich vier oder fünf Striche hinter meinem Namen, aber in letzter Zeit bin ich nicht mehr so einfach zu knacken. Das kürzlich veranstaltete Bolz-Turnier mit allen Lagerteams plus Truppenarzt plus Führung hat den Dienstplan stundenweise völlig lahmgelegt. Wegen des großen Erfolgs hat man einen kompletten Ligabetrieb initiiert, die Hinrunde haben wir als Vorletzte beendet, aber für die Rückrunde planen wir einen Nichtabstiegsplatz ein.

FRAU GESA *zu Vitus* Sie haben ihn befördert. Nach einem Jahr bereits.

HERR VITUS *liegend, Zeitung lesend* Wen?

FRAU GESA Michael.

HERR VITUS Wenn's ihrem Naturell schmeichelt.

FRAU GESA Zum Oberstabsarzt. Soll die Fenya erzählt haben, neulich beim Canasta. Hat eine der Klangschalen-Weiber ausgeplaudert. Gut, dass ich den Klangschalen die Freundschaft aufgekündigt habe. Dem Yoga auch. Bin einfach zu alt für das Gegacker.

HERR VITUS Ist mir neu, dass er Medizin studiert haben soll, der Michael.

FRAU GESA Wo die Fenya bloß ihre Inspirationen hernimmt, so praktisch ohne mütterliche Instinkte?

HERR VITUS Was macht er dort eigentlich? Reibt er Invaliden rätselhafte Salben in die Beinstümpfe? Oder pustet er Wagner-Söldnern die Staublungen frei?

FRAU GESA Meine Freiheit verteidigen die jedenfalls nicht in Timbuktu oder am Hindukusch. *Pause, dann besorgt* Die machen doch hoffentlich nichts mit Klangschalen auf dieser Insel?

MICHAEL Die Stunden am Kickertisch plätschern dahin und lassen uns teilnahmslos dreinschauen. Ich bin fett und apathisch geworden, habe ich euch das geschrieben? Gerade geht es den Pfunden in einem echten Fußballturnier an den Kragen, fünf gegen fünf auf einem Handballfeld, das meine tapferen Leute einer verdorrten Brache abgenötigt haben. Wir Deutsche haben uns gefakte Nationaltrikots mit dem Bundesadler aus China einfliegen lassen, nach Auftakterfolgen gegen die Fußballriesen aus Kanada und USA gab's jetzt gegen Rumänien und Frankreich schön eins auf die Mütze. Offenbar zeigt sich Deutschlands mangelnde Beliebtheit nicht nur beim Eurovision Song Contest, sondern auch in der Tatsache, dass ausschließlich die Tore unserer Gegner beklatscht werden. Dabei ist das holländische Kontingent hier ziemlich mickrig, und Briten und

Mazedonier haben sich nach deftigen Schlägereien mit Einheimischen selbst aus dem Wettbewerb gekegelt. Schön, wie viel Aggressivität hier im Camp herrscht, das schärft die Wachsamkeit und flößt Respekt ein. Zum Glück bin ich meist der Dienstgradhöchste und werde entsprechend wenig gefoult. Kein Vergleich zum türkischen General natürlich, der als falsche Neun mit Samthandschuhen angefasst wird und sich keiner Tritte erwehren muss.

FRAU GESA Die sollen viel Sport treiben im Lager. Trotz der Hitze. Pause. Was ist, hörst du zu? *Sie blickt zu ihrem über der Zeitung eingeschlafenen Gatten, zieht ihm die Decke hoch bis zur Brust.* Nelkenheinrich.

Dritte Dressur - Bälle. Nichts als Bälle

Fenya und Joon beim ziellosen Herumtigern. Kontemplativ versunken, aber leidenschaftslos gegenüber ihren eigenen Worten. Obwohl sie voneinander kaum Kenntnis nehmen, rezitieren sie abwechselnd - und mit einem ins Auge springenden Selbstverständnis - textsicher aus Michaels Briefen, deren sie sich nach Beendigung des Redeflusses entledigen. Flatterndes Licht - immer dann, wenn entfernte Granateinschläge zu hören sind.

FRAU FENYA Die Flaggen vor unserem Stab hängen erfreulich häufig oben.

HERR JOON Jeden Morgen der bange Blick, noch vor dem Briefing: Kein Halbmast, keine gefallenen Kameraden.

FRAU FENYA Du fragst nach Angst? Ich bin mit kühlem Verstand gesegnet. Schiss hatte ich bisher nur beim Klettern im Elbsandstein und auf der Autobahn.

HERR JOON Viele Menschen tummeln sich auf der Straße, alle mit wallenden Klamotten, unter denen sich so viele unschöne Dinge verbergen lassen.

FRAU FENYA Maria ist ziemlich gefasst und gibt mir einen kurzen Bericht. Der Gefallene war unser Flankengott und Schütze auf der Oberluke des Fuchs-Panzers. Dort hat er einen Treffer in den linken oberen Thorax bekommen, so dass der Arm im Schultergelenk komplett amputiert werden musste. Als er zu mir gebracht wird, ist er bereits halb hinüber. Ich hab dieses große Austrittsloch im Rücken entdeckt, aus dem wohl einiges Blut geflossen sein muss. Maria und ihr Rettungsassistent tragen noch immer ihre blutverschmierten Hosen. Sie sind in eine Art Schockstarre verfallen, selbst das Zittern will ihnen nicht recht gelingen.

HERR JOON Am schlimmsten ist, dass unsere Satellitenschüssel zuschneit und wir nix in die Röhre

bekommen. Aus Langeweile zetteln wir eine Schnee-
ballschlacht mit den Franzosen an.

FRAU FENYA Eine zahnlose Mutter bedankt sich
bei uns Soldaten fürs Ausharren. Ich verstehe kein
Wort, doch mit Händen und Füßen gelingt es ihr
leidlich, eine Botschaft zu transportieren: Danke,
dass ihr da seid, vergesst uns nicht und kommt wieder.

HERR JOON Es ist das erste Mal, dass ich hier
Frauen offen ins Gesicht blicken, ihre Hände schüt-
teln und sie sogar fotografieren kann. Diese Frauen
sind mutig, denn unsere bärtigen Gegner zünden
hartnäckig Schulhäuser an, wenn dort Mädchen un-
terrichtet oder gar Lehrerinnen beschäftigt werden.

FRAU FENYA Am meisten berühren mich die Kinder, die in Dreck und Kälte leben und hungern.

HERR JOON Wir Soldaten dürfen ihnen offiziell
nichts schenken, auf der Straße schon gar nicht, damit würden wir das Betteln nur belohnen.

FRAU FENYA In dem Bezirk, in dem unsere Fußpa-
trouille unterwegs ist, haben die Kinder inzwischen
aufgehört, „How are you?" zu rufen. Die Wache hat
den Kindern Bayrisch beigebracht. Dort rufen die
Mädchen und Buben jetzt begeistert „Servus".

HERR JOON Ich hatte vielleicht zehn Gummi-
bärchentüten in der Hand, die mir schreiende Kinder, Mütter und Väter mit hysterisch aufgerissenen

Augen und Mündern entrissen. Ich warf in meiner Hilflosigkeit den ganzen Karton in die Menge. Eigentlich finde ich diese Geste unerträglich, weil es ein Ausdruck extremer Großkotzigkeit ist, anderen Menschen etwas vor die Füße zu werfen, um das sie sich dann reißen sollen. Aber ich wusste nicht, was ich sonst tun sollte.

FRAU FENYA Zwei jugendliche Attentäter mit Sturmgewehren und Handgranaten haben die Wachposten erschossen. Einer hat sich dann mit einem Sprengstoffgürtel in die Luft gejagt. Ein seltsames Gefühl, wenn man da kurz zuvor vorbeigefahren ist und die toten Kameraden von der Skatrunde und vom Bolzplatz kennt.

HERR JOON Die Kinder wollen immer nur Bälle. Bälle, Bälle, Bälle. In Kundus haben sie uns auch Bleistifte aus den Händen gerissen. Diese Jungs aber haben sie uns augenblicklich zurückgegeben. Sie wussten nicht, was das ist, ein Bleistift.

FRAU FENYA Scheißstimmung allerorts. Jeder meckert über jeden. Bin gespannt, wie das enden wird, wenn die meisten jetzt schon durchdrehen. Ich kann euch nur schreiben. Das Telefon ist bis auf weiteres tabu, weil die Gespräche abgehört werden. Totsicher sogar.

HERR JOON Unser Zugführer wurde heimgeflogen. Angeblich Bluthochdruck, aber jeder weiß, dass das nicht stimmt. Es war einfach zu viel für ihn. Nervliche Probleme.

FRAU FENYA Ab halb elf werden die Lichter in den Lagerwegen ausgemacht, um keine Zielscheibe zu bieten, leise klagt der Muezzin, und man steigt in die Federn.

Vierte Dressur - Der Nachsendeauftrag

MICHAEL Ich hab euch zu Weihnachten was eingepackt. Mama, du kriegst die Bernsteinkette, beste afghanische Qualität, und den Lapislazuli. Hat keine magische Wirkung oder so. Magische Ergebnisse erzielen hier Panzerabwehrminen, wenn ihr versteht, was ich meine. Der Quarknase Vitus und der Mörderin Gesa hab ich Datteln und Oudöl beigelegt. Papa, für dich ist die Paschtunen-Mütze, über die du dich sicher freuen wirst, weil Osama bin Laden einst eine ganz ähnliche trug.

ERZÄHLER Ich weiß nicht mehr, wann das anfing mit den Briefen. Episteln aus Rattenlöchern jenseits der Menschenwürde. Richtig obsessiv.

MICHAEL Gerade kommt der Weihnachtsmann angeflogen. In einer CH-53. Die Hubschrauber kreisen im Zehn-Minuten-Takt über unseren Köpfen. Minus zwanzig Grad haben wir nachts, das Mit-

tel dagegen heißt: Glühwein. Fusel, Sieg und fette
Bräute.

ERZÄHLER Warum Afghanistan? Asien? Warum nicht Mar-a-Lago oder die Osterinseln? Hab
diplomatisch vorgefühlt, Eventmanagement und
kaufmännische Direktion - immer langsam mit
den jungen Stuten! Auf der Leitungsebene zieht die
Drecklesbe derart vom Leder, dass drei Kilo Altme-
tall in ihrem Gesicht zu einer Symphonie aus Kir-
chengeläut und Kuhglocken-Gebimmel aufspielen,
mittags liest mir die blauhaarige Praktikantin in
der Kantine die Leviten, als hätte ich ihr das vegane
Curry vom Teller gemopst. Soll das eine Story sein?
Ich bitte Sie, wo sind hier Kontroversen? Theater
lebt von Konflikten, Auseinandersetzungen sind der
Schmierstoff des Sprechtheaters, ich dachte, Sie sind
Erzähler? Climate Fiction, kennen Sie bestimmt! So,
und jetzt lassen Sie mich bitte essen, melden Sie sich
meinetwegen, wenn Sie etwas zu sagen haben, über
folternde Chinesen, Repressionen gegen Regenbo-
genfamilien *altklug vortastend,* Sie - Sie haben sicher
von Transphobie in Thailand und Petromaskulinität
in North Dakota gehört? Okey-dokey und gebongt,
any press is good press, gewiss bleiben Krieg und
Verelendung wichtige Säulen im Spielplan des hohen, ähm, kleinen Hauses, großes Indianer-Ehrenwort, schwör ich beim Barte des Propheten, da steigt

die Dramaturgin frisch vergeistigt aus Sommerloch, Maja-Lunde-Hängematte und Elektro-Volvo, Tachchen auch, beseelt noch von der Erforschung queerer Kegelrobben und saisonal herausgefordert von Patriarchat, Verbrennungsmotor und flauer Nach-Corona-Auslastung.

FRAU GESA Die Christel von der Post hat alles tipptopp übereinandergestapelt.

BRIEFTAUBE Täubchen nennen mich hier alle am Amt. Brieftäubchen.

FRAU GESA Die ist doch nicht blöd und radelt alle drei Stunden raus zu den Blindschleichen in ihrem Spukschloss.

BRIEFTAUBE Ich bin doch nicht blöd und versenke mein postgelbes Lastenfahrrad im Morast dieser Nachtjacken.

FRAU GESA Ich hätte der Fenya die Feldpost in nem Güllewagen angekarrt. In nem Schweinetrog. Vierteljährlich, wenn überhaupt.

BRIEFTAUBE Zu Festtagen hab ich immer Geschenkschleifen drangebunden, mit Liebe fürs Detail, personalisierte Grußkarten in Goldschrift mit Sternenstaub. Besinnliche Stunden. Das bienenfleißige Täubchen oder derlei.

FRAU GESA Seh ständig Licht im Schuppen. Muss vierundzwanzig Stunden an ihrem Drahtesel zugange sein.

BRIEFTAUBE So ein geiles Teil.

FRAU GESA Stellt die überhaupt noch Briefe zu?

HERR VITUS *aufgeschreckt, aus dem Halbschlaf* Was sagst du, Gesa?

BRIEFTAUBE Für die Alten sind wir ne Stütze. Ein letzter sozialer Halt. Uniformiert, das schon, aber angsteinflößend? Hab echt überlegt, ob ich ein Gewerbe anmelden soll. Irgendwas zwischen Pflegedienst und Sterbehilfe.

FRAU GESA Die Fenya hat sich an Michaels Worten aufgerichtet. Egal, woher die jetzt kamen.

BRIEFTAUBE Ein reizendes Ehepaar. Grundanständig, von lauterer Gesinnung. Und so belesen.

HERR VITUS *fährt aus der Ermattung hoch, zu Gesa* Mit wem redest du? Du brabbelst doch was! Sollten wir nicht längst im Taxi sitzen?

FRAU GESA Der Nachsendeauftrag muss die Postlerin erschüttert haben.

BRIEFTAUBE Sicher habe ich mich gewundert, wie früh es so nen jungen Dachs raus in die Welt zieht. Der Micha war doch beim ersten Waffengang fast noch ein Kind! Auf der Dienststelle erregen die Poststempel natürlich Heiterkeit, solche Farben hat man nicht alle Tage, und wenn der anatolische Postillon die Städtenamen zu buchstabieren versucht, verknotet's dem der Reihe nach die Zunge, dass einem das Herz zu flattern beginnt, Kruzitürken, ich weiß ja selbst nicht, wie die Orte ausgesprochen werden! *Versucht es dann doch, radebrechend* Antananarivo. Yogyakarta. Windischeschenbach.

Fünfte Dressur - Ziellos durch Vorstädte

Nachdem er von seinem Auto abgelassen hat, steht der Taxifahrer breitbeinig über Catharina Valente und uriniert auf sie herunter.

HERR VITUS *zum Taxifahrer* Kannst einpacken. Die ist hinüber.

Taxifahrer stopft sein Gemächt in die Hose.

FRAU GESA *zu Vitus* Wer ist denn gestorben?

HERR VITUS Catharina Valente.

FRAU GESA Ogottogottogott.

HERR VITUS Ertrunken. In Pipi.

FRAU GESA Waterboarding, ogottogottogott.

HERR VITUS Zu viele Casanovas, Tequilas und Nächte am Rio Grande. Schuld war nur der Bossa Nova.

FRAU GESA Sie war doch erst dreiundneunzig.

TAXIFAHRER *während er sich am Sack kratzt* Irgendwann musste sie ihrem Peiniger ja über den Weg laufen.

HERR VITUS Beruhigend, dass wir diese Insel am

Arsch der Welt gefunden haben.

FRAU GESA Tuvanaro.

HERR VITUS Das Tessin ist bloß was für Zocker und Überlebenskünstler. Hab ich immer gesagt. Für Naturmenschen wie Peter Kraus.

FRAU GESA Was macht denn unser Taxifahrer?

HERR VITUS Kratzt sich am Sack.

TAXIFAHRER Ich fahr gerne die alten Stinker. Sind selten in Eile. Bewundernswert, weil denen doch die Düse gehen müsste, wenn ihnen die Zeit so durch die Finger rinnt. Ich hab Leute vor Schwulenbars aufgelesen, die mir auf der Überholspur einen blasen wollten, und da gab es diesen Typen, der mir alles über seine Analwarzen erzählt hat. Anscheinend waren die riesig.

LEDERSCHWESTER Bislang hatte ich wenig Glück bei Taxlern. Die meisten sahen in mir eine Art Seelsorge, an der sie ihren Weltschmerz auslassen konnten, dafür scheinen Schwule prädestiniert zu sein. Ich hingegen täusche Taxifahrern gegenüber gern Hochachtung vor, um die Fahrt im Ganzen irgendwie erträglich zu gestalten. Aber nicht bei Nikita. Der Nikita ist nämlich die Sorte Mensch, die es dir nicht übel nimmt, wenn du in sein Auto kotzt.

TAXI Nikita? Hat die Sissy dich so genannt?

TAXIFAHRER Valentin. Juri. Sascha. Ich akzeptiere jeden Namen, den sie mir vor den Latz knallen, nicke alles unterwürfig ab.

ERZÄHLER Natürlich wünschte ich mir einen Perser. Nicht weil es derzeit en vogue ist, das wäre zu billig. Aber ein unbeschnittener Bursche mit Gardemaß ohne harten, russischen Akzent ist immer ne Traumbesetzung. Hab mich nicht durchgesetzt, weil die Alten bei der Dramaturgin Protest angemeldet haben.

TAXIFAHRER Der Erzähler wollte, dass ich mich distanziere. Von Putin.

ERZÄHLER Eine reine Formalität.

TAXIFAHRER Ich kenne diesen Putin überhaupt nicht. Nie begegnet. Wer soll das sein?

ERZÄHLER Nur eine Unterschrift. Mehr ist nicht.

TAXIFAHRER Kann der Mensch sich von jemanden distanzieren, der ihm zuvor nie nahe war? Völlig fremd sogar?

TAXI Ich finde, es müffelt. Riechst du nichts? Da ist so Glibber auf der Rückbank. Sieht aus wie letzte Woche.

TAXIFAHRER Bei Körperflüssigkeiten lass ich den Kärcher von der Leine, nen echten Pitbull.

TAXI Mit Sperma ist nicht zu spaßen.

TAXIFAHRER Ich hatte nie eine Geburt bei der Beförderung. Auch keinen Todesfall. Glaubt mir keiner. Soll beides scheußlich stinken. Süßlich. Schlimmer als Kotze.

FRAU GESA *zu Vitus, besorgt* Der Taxifahrer langweilt sich nicht, oder?

HERR VITUS Halt mich für verrückt, aber der quatscht mit seinem Auto.

ERZÄHLER Der Hochdruckreiniger war ne blöde Idee. Der Kärcher und der Iwan. Da denkt alle Welt gleich an die Ukraine. An die Massaker. Butscha. Weiß der Henker.

TAXIFAHRER Keine Bilder, hab ich gesagt. Eigentlich ist es mir egal, ob ich fotografiert werde. Aber ich wollte den Erzähler in die Bredouille bringen - und die Dramaturgin auf Zack. Kleine Revanche für den Kärcher und Vergeltung für den Perser.

ERZÄHLER Ich bin dann zu ihm eingestiegen. Pornos und vergilbte Angelzeitschriften, wohin man blickt, Titten und Fische. Ich weiß, dass er die Nächte durchfährt und ich habe gesehen, wo er untertags pennt. Ein Großteil seiner Fahrgäste ist entweder zwielicht, halbnackt, schwer durch den Wind oder alles gleichzeitig, und an manchen Abenden gehörte ich einfach dazu.

TAXIFAHRER Da war diese alte Dame. Blümchenkleid und Pillbox-Hut. Die Wände der Wohnung waren leer, die wenigen Möbel mit Tüchern abgedeckt. Sie nahm meinen Arm und wir gingen gemeinsam zum Taxi. Können wir noch ein wenig durch die Stadt fahren, bat sie, ich habe keine Verpflichtungen mehr, ich bin auf den Weg ins Hospiz. Das Taximeter war bereits ausgeschaltet, als sie mir das Hotel zeigte, in dem sie einst an der Rezeption gearbeitet hatte, sie wusste Anekdoten über ein verkommenes Möbelhaus zu erzählen, das früher ein angesagter Tanzschuppen war und das nun an uns vorbeizog wie ein vergessener Luftschutzbunker. Ja, dort sei sie mit ihrem verstorbenen Mann häufig schwofen gewesen. An manchen Straßenkreuzungen und Gebäuden ersuchte sie mich, besonders langsam zu fahren. Sie hielt dann einfach den Kopf aus dem Fenster und atmete tief ein. Was sie mir schuldig sei, wollte sie wissen, als wir am Ziel waren. Nichts, sagte ich. Aber wir haben erst Mitte des Monats, merkte sie an, wie wollen Sie in Gottes Namen über die Runden kommen, ein osteuropäischer Taxifahrer mit einer entsetzlichen Sprachfärbung? Es gibt andere Fahrgäste, entgegnete ich, sah die ermatteten Augen, drückte ihre Hand und ging. Ich kurbelte die Seitenscheibe herunter und brauste ziellos bis zum Morgengrauen durch die Vorstädte. Es war nichts passiert, es fühlte sich bloß anders an. Ich behandle die Alten schlicht so, wie ich meine Eltern behandeln würde.

ERZÄHLER Also, ich hab den Iwan einfach gebeten, mir seine Geschichten zu erzählen, als er mich neulich beim Wasserbüdchen inmitten der Zechpreller aufgeklaubt hat. Der Iwan wird zum Glück erst redselig, wenn ihm die Handlung des Theaterstücks plausibel erscheint.

TAXIFAHRER Ja, die Leute sind aggressiver geworden. Die picheln vielleicht was weg. Früher, als nichts los war und man sich noch anrufen musste, hat nur das Gesindel gebechert. Oder Kreative, Hallodris wie der Erzähler eben, Typ Baby Schimmerlos. Neulich - ich schwatz gerade mit meinem Taxi - da kommt so eine besoffene Drecksau aus Transnistrien daher und fragt mich nach dem Weg. Ich seh noch den Schatten von seinem Kumpel, der die Autotür aufbricht und sich mit der Kasse und dem Handy ausm Staub macht. Haben sich sogar noch umgedreht und gelacht. Zehn Meter bin ich ihnen nachgerannt, aber die Beine machen schnell schlapp, weil sie nicht trainiert sind. Ich bin übers Sitzen alt geworden. Beleibt und grau. Früher konnte ich die Karre offen lassen und ne Stunde rübermachen ins Pornokino.

ERZÄHLER Hundert Euro bekommt der Fahrer von der Innung zurück, wenn er beraubt wird.

TAXIFAHRER Dort haben sie gesagt, es wäre zwar Diebstahl, aber kein Raub. Mir wurden dann Fotos gezeigt von nem Kollegen, dem sie's mit dem Baseballschläger gegeben haben. Der hatte kein Gesicht mehr, so schlimm war der zugerichtet.

ERZÄHLER Meine Fresse!

TAXIFAHRER Wenn du aussiehst wie der, darfst du gern wiederkommen, haben sie gesagt. Gott sei Dank wurde ich nie krankenhausreif geprügelt, aber wer weiß. Einmal habe ich mir kurz in die Schulter gestochen, mehr so aus Spaß, und um die Eiernacken von der Innung auf die Probe zu stellen. Mann, die haben sich vor Lachen kaum eingekriegt.

ERZÄHLER *entflammt* Was war denn mit der Bordsteinschwalbe?

TAXIFAHRER Was soll schon sein? Kommt die ins Stück?

ERZÄHLER Weiß nicht.

TAXIFAHRER Siehste.

ERZÄHLER Vielleicht kann ich sie einbauen.

TAXIFAHRER *täuscht eine Gedächtnislücke vor* Du, ich - ich hab von der grad kein Bild vor Augen. Ist lange her, musst du mir glauben. Totale Amnesie. Sag mir, wo ich anfangen soll!

ERZÄHLER Hör mal, wir haben da ne Vakanz.

TAXIFAHRER Eine was?

ERZÄHLER Ja. Bei der Besetzung.

TAXIFAHRER *scheint sich plötzlich doch zu erinnern* Die Kleine vom roten Stahlwerk, keine Ahnung, wie die hieß, die hatte sicher was eingeworfen. Hat ständig Halt! gerufen. Halt! Halt! Halt! Von der Rückbank hat sie geschrien, ich solle ihre Freundin anschnallen, die vorne sitzt. Aber da saß niemand. Hab dann den leeren Sitz angeschnallt, damit sie ihr Maul hält. *Einfordernd* Das kommt doch ins Stück?

ERZÄHLER *unschlüssig* Mmh.

TAXIFAHRER Es gab eine, die nur durch die Gegend kutschiert werden wollte. Irgendwann hat die angefangen sich auszuziehen und gesagt, überall um sie herum wären Dämonen und dass ich so eine Brille bräuchte wie sie, um den Antichristen zu sehen. Dort, hat sie behauptet und auf ihre Pussy gedeutet, dort unten wohnt der Teufel! Ich hab sie am Babystrich rausgeschmissen, wo die Mädchen aussehen wie Ende dreißig, aber in Wahrheit erst vierzehn sind.

ERZÄHLER Ich leg es der Intendanz vor. Versprochen.

TAXIFAHRER Hast du gewusst, dass ich die Altentransporte nem Polacken verdanke?

ERZÄHLER Spinnst wohl!

TAXIFAHRER Adam. Russenhasser, wie er im Buche steht. Irgendwann sind zwei Bürschchen bei ihm eingestiegen, haben die Zieladresse genannt, und als sie angekommen waren, haben sie ihm siebenunddreißigmal oder so mit dem Messer in den Bauch gestochen. Ging durch die Medien, vor fünfzehn Jahren vielleicht. Die waren minderjährig, später haben sie ausgesagt, dass sie einfach mal sehen wollten, wie ein Mensch stirbt. Idioten. Sechs Monate hat der

Adam an Schläuchen gehangen. Als er mir zuletzt über den Weg lief, hat er zwei Mädchen nicht bei sich einsteigen lassen, weil sie tätowiert waren und ein bisschen gefährlich aussahen. Nach der Attacke hat er nur noch Gehbehinderte und Arschkrampen mit weicher Birne chauffiert. Ist keinem groß aufgefallen, als er gestorben ist. Nur die Ausgeschlafenen, die alle Tassen im Schrank und den Mund voller Zahngold haben, erzählen bis heute unbegreifliche Geschichten über ihn.

Sechste Dressur - Die vergebliche Suche nach Karamellmandeln

Dunkelmann und zwei Schergen. Türklingeln. Der Taxifahrer öffnet übermüdet.

DUNKELMANN Sind Sie der Iwan?
TAXIFAHRER Walentin. Kirill. Feodor. Suchen Sie sich was aus.
ERSTER SCHERGE Aber Russe sind Sie?
ZWEITER SCHERGE *dazwischen* Hört man ja.
TAXIFAHRER Muss ich mir Sorgen machen?
DUNKELMANN Ist das ihr Taxi? Die Rostlaube?
TAXIFAHRER Wenn sonst nichts anliegt: TÜV war vorletzte Woche und, ähm, versichert ist es auch. Ich

wollte mich gerade aufs Ohr legen.

ERSTER SCHERGE Aha.

TAXIFAHRER Soll ich Ihnen die Papiere zeigen?

ZWEITER SCHERGE Interessieren uns nicht.

TAXIFAHRER Wurde ich denunziert? Der Erzählter? So reden Sie doch! *Pause, in der der Erzähler wie zufällig an der Rampe entlangschnürt. Als er die Personengruppe erblickt, schlägt er konspirativ den Mantelkragen hoch und drückt sich auf leisen Sohlen an dem Quartett vorbei.* Der Erzähler also. Hätt's mir denken können.

DUNKELMANN Wir waren gerade im Hospiz. Die alte Dame. Kennen Sie sicher.

TAXIFAHRER Was haben Sie mit ihr gemacht?

Beredtes Schweigen. Der erste Scherge räuspert sich auffällig.

ERSTER SCHERGE Sie fahren häufig zum Flughafen?

TAXIFAHRER Die Alten. Sie wollen weg.

ZWEITER SCHERGE Wohin?

TAXIFAHRER Keine Ahnung. Es gibt da eine Insel.

ERSTER SCHERGE Name?

TAXIFAHRER Hab ich vergessen. Besser, Sie kommen morgen wieder -

Er will die Türe schließen. Erster Scherge stellt den Fuß in den Eingangsspalt, verschafft sich und seinem Gefolge alsdann Einlass, indem er den Taxifahrer vor

ERSTER SCHERGE *beißend* - Morgen?

TAXIFAHRER *kleinlaut, um Entspannung bemüht* Hey, ist bloß ne Insel, eine von Tausenden, ich glaub, die Silberrücken hatten ihr nen Namen verpasst, nen lustigen, ach, ich weiß nicht. Ich komm auch meist alleine zurück. Ohne Fahrgäste.

ZWEITER SCHERGE Ist uns aufgefallen.

ERSTER SCHERGE *baut sich vor dem Taxifahrer auf.* Finden Sie das nicht merkwürdig?

TAXIFAHRER Sie gehen, um zu bleiben. Ist ja nie jemand zurückgekehrt von dort - nicht, dass ich wüsste. Die verbringen ihren Lebensabend auf dieser Insel. Die letzten Tage. Was soll daran ungewöhnlich sein? Schauen Sie sich hier nur mal das Wetter an.

DUNKELMANN Wir haben Grund zur Annahme, dass Sie geistiges Potenzial außer Landes verbringen. Entgegen der Vorschrift.

ERSTER SCHERGE Humankapital.

ZWEITER SCHERGE Braindrain, Mann.

ERSTER SCHERGE Lass, siehst doch wie er schwitzt!

ZWEITER SCHERGE Menschliche Ressourcen - gehen natürlich dem Staat verloren. Unwiederbringlich! Grenzt an Hochverrat, wird Ihnen sicher bekannt sein, Sie gehen doch ins Kino? *Überlegt* Okay, im Pornokino laufen keine Spionagethriller.

DUNKELMANN *zwingt den Taxifahrer in eine Nah-distanz, der Versuch eines strengen, unnachgiebigen Blickkontaktes.* Sie wurden aber von diesem Vorfall in Kenntnis gesetzt?

ERSTER SCHERGE Michael.

TAXIFAHRER *angespannt* Ich - ich lese „Petri Heil" und den „Blinker".

TAXI *inständig* So rede doch!

TAXIFAHRER *bockig, mit flatternden Nerven* Halt die Tankklappe!

DUNKELMANN Ferner haben Sie sich nicht distanziert. Von Moskau. Vom völkerrechtswidrigen Angriffskriegsregime. Nicht einmal formell. Es hätte Sie eine Unterschrift gekostet. Das Ideologische lassen wir mal außen vor.

ERSTER SCHERGE *zückt einen Spiralblock, überfliegt ihn.* Geimpft ist er auch nicht. Kein Eintrag im Register.

DUNKELMANN Nun ja.

ZWEITER SCHERGE *nimmt eine dem Taxifahrer gegenüber aufreizend herabsetzende Haltung ein. Seu-*chenbekämpfung scheint ihn nicht zu jucken. Solidarität auch nicht. So ein Schwein.

DUNKELMANN Ihre Kollegen haben geflaggt und sich korpsgeistig schwer ins Zeug gelegt. Häkeldecken. Klopapiermützen. Spiegelüberzieher. Alles in Blau-Gelb.

ERSTER SCHERGE Aufs Rathaus haben sie die Farben der ukrainischen Nationalflagge projiziert. Sämtliche Ausfallstraßen, nun, was soll man sagen: Ein Fahnenmeer. Lässt Sie wohl kalt?

ZWEITER SCHERGE *affirmativ* Natürlich geht's ihm am Arsch vorbei!

TAXIFAHRER Ich fahr Taxi. Das mag den Horizont begrenzen. Die Ratio ist ein einsamer Kapitän.

ZWEITER SCHERGE Russisches Sprichwort?

TAXI *zum Taxifahrer, flehentlich, bibbernd vor Angst* Aber du hast doch Wimpel bestellt! Und Karamellmandeln von Roshen, ukrainische Spitzenqualität! Zeig denen mal die farbenfrohen Kartons und Rechnungen mit Poroschenkos Konterfei.

TAXIFAHRER *unkonzentriert* Oh jemine, wie konnte ich die bloß vergessen, gibt's doch nicht. *Er tigert umher.* Wo hab ich die doch gleich abgelegt, wo war das bloß? *Er öffnet Schränke, durchwühlt Schubladen. Zitterig.* Warten Sie, ich hab sie gleich.

Der Taxifahrer sucht nach Möglichkeiten, der frostigen Szenerie zu entfliehen. Zweiter Scherge verbaut ihm den Weg.

ZWEITER SCHERGE Lassen Sie, es ist gut.

Erster Scherge tritt von hinten an den Taxifahrer heran, schießt ihm aus kurzer Distanz in den Kopf. Der Russe bricht tot zusammen.

Siebte Dressur - Tierische Planespotter und die betrüblichen letzten Minuten einer Raupe

Skorpion, Paradiesvogel und Schildkröte, nicht gerade die hübschesten Modelle, fasziniert an der Rampe. Alle Blicke richten sich auf die Konfusion am Eingang des Theatersaals, durch den - unter bellendem Husten und brüskem Ellenbogeneinsatz - Fenya, Joon, Gesa und Vitus mitsamt ihrer Rollkoffer drängen: Rrrrrrrrrrrrr! Dem Paradiesvogel verschlägt's die Sprache und öffnet's den Schnabel. Während die kaduken Einwanderer japsend und schweißgebadet in die erstbesten freien Sessel im Parkett plumpsen und wirre Selbstgespräche führen, hält sich der Paradiesvogel eilends Augen und Schnabel zu, indessen sich die Mäuler von Skorpion und Schildkröte obszön weit öffnen. Leise weht der blecherne Lärm aus der Abfertigungshalle des Airports herein. Entferntes Surren startender und eintreffender Flugzeuge.

SKORPION *verblüfft* Sind sie das? Die haben gar keine Köter dabei.
PARADIESVOGEL Die letzten hießen Bormann und Rosenberg, wie Eva Brauns Kläffer. Irgendwann

hat Hitlers Blondi sie in Stücke gerissen. Wurde gemunkelt. Schöne Sauerei.

SCHILDKRÖTE Die Insel gibt, die Insel nimmt.

SKORPION Seht ihr die rosigen Teints? Sehen alles andere als krank aus. Seit wann gibt's das denn? Haben wohl nie Gift und Stachel eines Skorpions zu spüren bekommen.

PARADIESVOGEL Schlaf und Bio-Karotten lassen die menschliche Haut erstrahlen.

SKORPION Gesegnet sei die Pharmaindustrie. Halleluja, endlich Ferien!

SCHILDKRÖTE Es ist nicht gut, wenn der Hund den Menschen überlebt. In der Tierwelt dieser Insel lassen sich Traumata beobachten, selbst in der Gruppe der Sauropsida, zu der sich lahme Krücken wie ich hingezogen fühlen, geht die Tollheit um. Im Verlauf meiner einhundertsiebenundzwanzig Jahre hat sich eine schuppige Faltenhaut über das Gesehene gelegt. Das Unfassbare. Ich bin keine, der man Asyl gewährt, weil sie Pfötchen gibt, falsche Erwartungen oder niedere Instinkte weckt. Über Missgeburten wie mich hüllten selbst die Brüder Grimm den Mantel des Schweigens. Natürlich stelle ich bei einer zu erwartenden Vermittlung wenige Ansprüche und büxe nie aus, dazu ist meine ganze Erscheinung zu abstoßend, das wechselwarme Fleisch unterm Reptilienpanzer weich wie Aspik. Ich träume manchmal, ein geläutertes Marienkind würde sich meiner erbarmen und mich vor dem vorzeitigen Ausbeinen bewahren.

SKORPION Normalerweise tun die Alten so, als wären sie nur die älteren Jungen.

SCHILDKRÖTE Wenn ich aufwache, sind die kluge Gretel, die hagere Liese und die Gänsehirtin am Brunnen immer schon tot, und ihre Kinder verbringen die Freizeit auf Pferdehöfen und lassen die Künstliche Intelligenz Hausaufgaben machen. Wer von dem Hüpfgemüse hat schon Sehnsucht auf Schneckenrennen und ein stummes Leben in Zeitlupe, wie ich es vorziehe?

PARADIESVOGEL Seid still! *Ganz Ohr* Hört ihr sie?

Baff blickt das tierische Empfangskomitee über die Sitzreihen hinweg zu den erschöpften Neuankömmlingen, die sich in ihren Polstern laut schnarchend in den Schlaf verabschiedet haben.

SKORPION Im Herbst hatten sie doch tatsächlich Schildkrötensuppe aus heimischem Gefilde eingeschmuggelt. In Blechbüchsen. Illegale Importe aus Kamtschatka. Doppelt vergeudet wirkt dann so ein Schildkrötenleben, wenn das konservierte Tier nicht verzehrt werden kann, weil der Konsument vor dem Verzehr dahingegangen ist.

PARADIESVOGEL Ich werde voraussichtlich entlassen. Wieder einmal. Ich breche mir andauernd den Flügel. Bringe ich mir die Verletzungen absichtlich bei? Fragt mich was Leichteres! Ich bin keiner, den man länger behält. Weder ein besonderer Flugkünstler, noch ein drolliger Papagei, der seinem Menschen nach dem Munde redet. Ich stelle mir vor, wie es wäre, völlig auszuzehren. Den Ruf als Paradiesvogel dranzugeben - es wäre, was mir noch bliebe. Ich könnte mein prächtiges Gefieder verlieren und komplett verwahrlosen. Leicht sollte ich das Mitleid einer entwurzelten Menschenseele gewinnen. Ich würde dann so aussehen wie die kahlköpfigen Graukopfamazonen in ihren zugeschissenen Volieren, traurige Piepmatze, die geduldig über die Herzschwächen ihrer Besitzer hinwegröcheln und nachsichtig die Nase rümpfen, wenn sie ihre Unterhosen zu lange tragen. Freiheit also? Die gibt mir nichts, sie bestiehlt. Meine gefiederten Freunde verbringen den Großteil in freier Wildbahn damit, sich vor Fressfeinden in acht zu nehmen und dabei nicht in die Netze obskurer Vogelhändler zu geraten. Eine anstrengende und gefährdete Existenz wäre es, wenn mein Alltag durch ständige Bedrohungen und daran anknüpfende Lebenserhaltungsmaßnahmen geprägt wäre. Selbstbestimmung wird überschätzt, ich könnte mich zu keiner Zeit an sie gewöhnen, selbst wenn ich bunter Sperling nichts gegen gelegentliche Erkundungsflüge über Neuguineas Regenwälder einzuwenden hätte. Neulich hatte ich einen Angsttraum, der mich um Schlaf und Verstand brachte. Mein Halter drohte, mich auszuwildern. Himmel nein, solche Freiheiten verstören bloß, gerade wenn Menschen sie uns Tieren so unvermittelt und selbstverständlich antragen wie das auskömmliche Leben in einem ihrer goldenen Käfige.

Eine Raupe kraucht in wellenartigen Bewegungen über die Bühne.

RAUPE *kratzbürstig* He, ihr! Ist das nicht die Terrasse für Planespotter, auf der ihr da herumlungert, euch in Unterwürfigkeit übt und abwegige Umsturzpläne schmiedet? Wohl noch keine Auswanderer gesehen, was? Passt auf, dass sie euch am Ende ihrer Tage nicht versklaven und als Risotto anrichten.

SCHILDKRÖTE *zur Raupe* Mir warst du schon immer zu fett.

SKORPION Ich hab die nie geliebt.

PARADIESVOGEL Zum Fressen gern hat die kein Vogel. Da könnt ihr lange fragen.

RAUPE Verstehe, ich sehe mal zu, dass ich Land gewinne. Vielleicht schlägt mir anderswo weniger Verbitterung entgegen. Wie's scheint, hat der Tower schon ein Auge auf euch aasiges Gesindel geworfen.

Während die Schmetterlingslarve geduldig nachschiebend ihren Weg fortsetzt, tritt der Skorpion arglistig an

*sie heran und rammt ihr ein Messer in die Seite. Eine
grünliche Flüssigkeit suppt aus der Wunde und lässt auf
dem Boden eine Lache ansteigen, in der das Tier spas-
misch seiner Verletzung erliegt.*

SKORPION *zur toten Raupe* Dein Herz ist weg,
kein Atem mehr. Der Einzige, der dir noch bleibt,
das ist dein Freund: Herr Einsamkeit.

*Weithin hörbares Schnarchen aus Richtung des greisen
Quartetts.*

Achte Dressur - Sterben, lebenslang

ERZÄHLER Was für ein Licht. Fenya hat noch nie
so ein Licht gesehen, gleißend. Es hat keine Farbe.
So fängt die Zukunft an, denkt sie. Die Vergangenheit hat sie im Flieger gelassen, und so beschließt
sie in einem Anflug von Schneeblindheit, nicht aufs
Vorfeld zu kotzen. Für einen kurzen Moment steigt
ihr das Bordmenü wie Sauerfleisch die Speiseröhre
hinauf und möchte der Nase entweichen, aber Fenya schluckt's beherzt ab, verpresst den trüben Sud
mitsamt rumorender Erinnerungen in ihrem Ma-
gen. Früher hat sie ständig erbrochen. Hansapark,
Hamburger Berg, entlang der Gleisdämme oder
weiter draußen. Das Aroma der Ascorbinsäure, die
zum Aufkochen des Heroins benötigt wird, brennt

sich in ihre Schleimhäute ein. Halbrunde City-Toilette, gebrauchtes Spritzbesteck, an der Seite kauert der Typ mit kastanienbraun gefärbten Haaren und einem lilafarbenen Rucksack auf den Knien. Nachdem er sich in die Lippen gespritzt hat, beginnen die Muskeln an den Oberarmen zu zucken und die rechte Hand tanzt wie bei einem Rapper durch die Luft. Sein Blick aus weit aufgerissenen Augen mit riesigen Pupillen entflieht der Neonbeleuchtung, indem er Fenya, der jäh die gesamte Tagesmahlzeit aus dem Gesicht fällt, schlotternd in den Fokus nimmt. Pfännchen, Spritzen, Nadeln, HIV und Hepatitis, dazu schallen aus nächtlichen Gehölzen die sattsam bekannten Klagerufe der Muselmanen. In Erinnerung behalten möchte Fenya allenfalls die freundlichen Hunde der Junkies, pfeilschnelle Wadenschnapper, die geschwind noch jeden Siff picobello von den Schuhen schlecken. Dreck und Speck, den jeder Müllkutscher, der bei Sinnen ist, meidet wie der Teufel das Weihwasser. Später am Abend möchte sie Michaels Briefe zwischen ihrem und Joons Bademantel deponieren. Die Textilien haben den Geruch des neuen Lebens schon angenommen. Eine Prise Jesolo. Diesmal für immer.

TSUNAMIGOTT Ich hab ordentlich was zurückgelegt. Auch als der Zaster für wundersame Pilze und Heilpflanzen draufgeht. Wir lesen Leary und Hesse, verdunkeln die Fenster und hören Janis Joplin und Moby Grape. Wir haben besorgniserregende Ringe unter den Augen und sind unterernährt. Als die meisten meiner Kumpels sich einen Strick um den Hals legen, wird mir klar, dass der Tod mich noch nicht bei sich haben will. Zuerst denke ich, ich bin aus Versehen übrig geblieben, aber dieser Höllenbraten von Tod möchte sich an meinem Wandel weiden. Ich soll sparen, leben wie ein Mönch. Und auswandern. Große Kacke.

ERZÄHLER Er hat sich schon als Knabe für Totenrituale interessiert, schwänzte Schulstunden, die er auf Friedhöfen verbummelte. Er dachte, er würde mal was in dieser Richtung studieren, aber dann hat er immer zu lange geschlafen, war zu häufig unglücklich verliebt und hatte diesen Job als Fleischer, der ihn von keiner akademischen Laufbahn mehr träumen ließ, sondern von schwarzen Tüchern und weißen Lilien.

TSUNAMIGOTT Pitcairn. Die Bounty-Insel. Marlon Brando und sein Gesocks. Ich glaubte, bei den Nachfahren der Meuterer würde ich mich wohlfühlen. Die Frauen haben sehr lange, von der Sonne ausgebleichte Haare und aufgeplatzte Schmolllippen, sie zieren wilde Tattoos und werden durch glühende Unterleibsfantasien befeuert. Wenn ich an sie denke, bekomme ich einen Ständer. Ist mir kein biss-

chen peinlich. Die Kündigung fürs Schlachthaus hat
ChatGPT geschrieben, Abschiedsschreiben kriegt ne
KI ergreifender hin als der Mensch.

ERZÄHLER Er dachte, er würde mit dreißig sterben.

TSUNAMIGOTT Als ich alt wurde und immer
noch da war, ist mir aufgegangen, dass Sterben ein
Leben lang dauert.

ERZÄHLER Der Tsunamigott hat seinen Tod mit
großer Wahrscheinlichkeit verpennt. Aufgewacht ist
er dann auf einer anderen Insel. Ohne Marlon Brando.

TSUNAMIGOTT Gottheit. Als sie mich so das erste Mal so angesprochen haben, hielt ich es für nen
Witz.

ERZÄHLER Er hat sich daran gewöhnt. Das ist das
Gefährliche. Hat die Liebesbezeugung den Menschen erst einmal korrumpiert, trampelt er als op-
portunistischer Gesinnungsakrobat all seine bisheri-
gen Überzeugungen nieder.

TSUNAMIGOTT Ich habe mich einem Leben als
Gott nie angenähert, oder?

ERZÄHLER Natürlich war er geschmeichelt, als ihn
die Kinder durch die trostlosen Behausungen lots-
ten.

TSUNAMIGOTT Ich sehe kein Spielzeug. Nichts
Buntes. Nur tote Tiere und lachende Mütter mit me-

lonenartigen Brüsten. Die Kinder reißen den Krabben die Beine aus und lassen die sterbenden Tiere wie gefesselte Gladiatoren gegeneinander antreten. Großer Spaß.

Auftritt Krebszelle.

ERZÄHLER *von den Socken* Wo kommen Sie denn her?

KREBSZELLE Direkt aus dem Gebrechen. Dem Siechtum. Ich bin die Tumorzelle. Ich bringe den Krebs.

ERZÄHLER *verunsichert* Jetzt schon? Hab ich den Krebs nicht in die nachfolgende Szene geschoben?

KREBSZELLE Kann sein. Aber ich verhalte mich nicht wie eine normale Zelle. Ich weiß nichts und kann auch in keine Rolle schlüpfen. Ich weiß zum Beispiel nicht, wann ich mit der Teilung aufhören und absterben muss.

ERZÄHLER *argwöhnisch, mit Enttäuschung ringend* Steckt sicher die Ärztin dahinter, tja, nun ist es zu spät. Macht mit der durchtriebenen Tusnelda von Dramaturgin gemeinsame Sache - gut, soll sie doch! Mehr als postdramatische Ästhetik mit marxistischer Grundierung stellen sie sowieso nicht auf die Bretter, jetzt versuchen sie's also über die Szenenfolge und entscheiden im Kollektiv - Grützköpfe sind's, die kein Gespür fürs Timing haben! Neulich hab ich die Dramaturgin bei den Freimaurern gesehen.

Loge, Hintereingang mit Stresemann. Frauen in Leitungsfunktionen bedürfen einer soliden Kontrolle, einer männlichen, wie's ausschaut. Sicher sollte man dem Schauspiel öfter aufs Dach steigen, um die Deutungshoheit zurückzugewinnen. *Er blinzelt, von einem Scheinwerferkegel geblendet, hinauf in den Schnürboden, eingekapselt von irisierendem Licht, das an durchscheinenden Vorhängen und fragilen Seilzügen entlangzüngelt und rings um ihn herum ein stilles Spektakel aufführt.* Niemand merkt im Laufe der Zeit, wie toxisch hier alle sind, bis man die Luke zum Bühnen-Himmel entdeckt und frische Luft geschnappt hat. *Zur Zelle, nüchtern* Entschuldigung, es geht nicht, dass eine Krankheit sich eigenmächtig in die Inszenierung einschleicht und verselbstständigt. Sehen Sie sicher ein. Gehen Sie, ich muss Ihnen nicht sagen, wo die Türe ist -

Krebs traumatisiert ab, währenddessen ein unstillbares Geltungs- und Mitteilungsbedürfnis den Tsunamigott auf den Plan ruft. Überraschend bereitwillig überlässt ihm der beflissene Erzähler das Feld, der fortgesetzt fasziniert die Oberbühne nach möglichen Fluchtwegen ausspäht.

TSUNAMIGOTT Ich betrete Sperrgebiet. Jeder lebt hier ständig in Angst, dass irgendwo am Strand Blindgänger hochgehen, ein Flugzeug abstürzt, eine windschiefe Schilfhütte Opfer der Flammen wird oder Franzosen und Engländer auf den Nachbarinseln Atombomben testen. Die Leute sind schrecklich dumm, auf niedrigstem Niveau gescheitert, und sie laufen einen nach wie junge Ferkel. Niemand hat für irgendetwas ein Talent, die aufgeschwemmten Leiber sind kontaminiert und amorph wie die Geisteskraft des gesamten Volkes. Die Leute wählen auch nicht. Sie hoffen und vertrauen blindlings. Warum sollten sie jemanden wählen, dem sie sich sorglos ein Leben hindurch verschrieben haben? Schaut man in eines der kugelrunden Gesichter, bekommt man schnell ein Lachen geschenkt und eine Hand gereicht, die im Idealfall an verwunschene Orte führt.

ERZÄHLER Dem Tsunamigott war es ein Leichtes, sie um den kleinen Finger zu wickeln. Trifft den Nagel auf den Kopf.

TSUNAMIGOTT Gewiss ist es ein erhabenes Gefühl, wenn man Herzen erreicht. Einige sprechen von einem Privileg. Sollen sie. Bin ich zu weit gegangen?

ERZÄHLER Keiner stirbt im Bett. Die Menschen gehen bei Unglücken drauf, verrecken an Seuchen und nach Flutkatastrophen. Weiß der Geier, was die sonst noch in die Knie zwingt.

TSUNAMIGOTT Sie trinken sich runde Füße, das stimmt. Und inhalieren alles, was trockener ist als Heineken, Mai Tai und Margeritas.

ERZÄHLER Viele Kinder kommen deformiert auf die Welt. Mit verkürzten Armen und spillerigen Gliedern, krumm wie Bananen. Die Schwangeren saufen sich um den Verstand, weshalb der schmächtigen Brut sämtliche Begierden und Laster der Mütter in die Wiege gelegt sind. In den Krankenhäusern sind sie rund um die Uhr am Schnippeln. Dort entfernen sie so ziemlich alle Organe und Körperteile, die noch da sind. Außer dem Kopf natürlich. Irgendwo muss man sich die Zigarette ja reinstecken.

TSUNAMIGOTT Der Mund braucht sicher einen Ort, an dem er sagen kann: Ich habe Hunger.

Neunte Dressur - Die Gegenoffensive

MICHAEL Detonationen erschüttern die freitägliche Stille im Deckungsbunker. Alle wissen, dass sie von taktischen Blendgranaten stammen und der Feind ins Manöver zieht. Aber das dumpfe Grollen und das helle Magnesium-Licht fahren jedem in die Glieder, selbst jene, die in Afghanistan waren, sind beeindruckt, wie schnell der Mensch inmitten dieses kargen Nichts auf seine Urängste zurückgeworfen wird. Wir halten nördlich von Spitzbergen die Stellung, der letzte Nato-Außenposten, die Jahresdurchschnittstemperatur beträgt minus sieben

Grad. Drüben, in Sichtweite, steht der Russe, der möglicherweise nichts anderes im Sinn hat als wir: tarnen, tricksen und belauschen. Und darauf hoffen, nicht zu erfrieren. Eine US-Journalistin lackiert sich die Fingernägel während einer Schweigeminute für die Toten eines ausgebombten ukrainischen Kinderheims. Meine norwegischen Kollegen haben sich Motorpsycho und Turbonegro auf ihre Kopfhörer gelegt. Offiziell dient unsere Mission der Untersuchung der Stratosphäre. Dass ich nicht lache! Wie Taschenkrebse verharren die stählernen Teleskopschüsseln inmitten marsianisch anmutender Vulkankrater. Bei Dunkelheit tanzen sie in ihren rotbraunen Nestern Tschaikowskis „Nussknacker“. Dazu spannt die Nacht eine leuchtende Decke aus funkelnden Galaxien und Polarlichtern über unsere Station. Wenn es stimmt, dass die Eskimos neunzig verschiedene Wörter für Schnee haben, dann könnten dies allenfalls die Eisbären bestätigen, von denen es hier mehr als Menschen und alle anderen Tiere zusammengenommen gibt. Schweigend zieht das archaische Schamanenvolk der Inuit an uns vorbei aufs offene Meer. Zwischen Treibeisschollen stellt es mit lautlosen Kajaks fetten Robben nach. Manchmal legt uns der Häuptling eines der toten Tiere an die Stacheldrahtumzäunung. Bislang traute sich niemand, das Fleisch roh zu verzehren.

Zehnte Dressur - Graue Zellen
und Käsekuchen satt

Fenya beim Versuch, Joon an einer Hand zu sich auf die Bühne zu ziehen. Indessen sammeln Gesa und Vitus an der Rampe Kräfte für den Aufstieg, drücken fiebrig Pillen aus Blistern. Vitus greift sich prustend ans Herz, Gesa hechelt einer davonkullernden Tablette hinterher und verleibt sie sich mit triumphaler Geste ein. Fenya glaubt, etwas gehört zu haben und lässt Joon am langen Arm verhungern.

FRAU FENYA Hast du's gehört? Wie ein Klingeln.

HERR JOON Was fürn Klingeln?

FRAU FENYA Das Brieftäubchen. Erinnerst du dich an das gelbe Fahrrad?

HERR JOON Montags klingelt es nicht.

FRAU FENYA Ich meine aber, etwas gehört zu haben.

HERR JOON Der Montag unterwirft sich den Paketen.

FRAU FENYA Feldpost gehört mit einer gewissen Dringlichkeit zugestellt, findest du nicht? Der Schützengraben birgt so viele kluge Köpfe, die unter keinen Stahlhelm passen. Noch der kümmerlichsten Depesche sollte eine Schneise in die Zivilisation freigeschlagen werden, zumal die tapferen Eistrucker aus Jakutien ihr Leben riskieren, um sie den Feinden der Demokratie abzutrotzen. *Sie lässt entkräftet Joons Hand los, strauchelt, stürzt, ringt nach Luft. Joon zieht sich - unter den sardonischen Blicken des anderen Paares - mit letzter Kraft nach oben.*

HERR JOON *keuchend* Du meinst, er hätte uns etwas Wichtiges mitzuteilen?

FRAU FENYA Es gibt wenig, womit sich eine besorgte Mutter besänftigen ließe. Außer einem Wiesenstrauß verzweigter Trossnelken und farbenfroher Hortensien vielleicht.

HERR JOON *lauscht* Hast du das Echo gehört? Jede Wette, der Widerhall deiner Stimme hat's bimmeln lassen.

FRAU FENYA *tönend, voller Verzweiflung* Echo? *Sehnsüchtiges Warten. Stille. Ernüchterung.* Idiot!

HERR JOON Idiot!

FRAU FENYA Nur der Wind.

HERR JOON Nur der Wind.

FRAU FENYA Er weiß immerhin, was meinem Herzen fehlt. Für wen es schlägt und glüht, er weiß von einem Herzen, das mir fehlt. Zu viele späte Genüsse, für die andere mich durch den Kakao ziehen. Bin ich noch attraktiv? Keiner pfeift mehr hinter mir her, wenn ich über die Straße gehe, nicht mal das Echo. *Fenya geht, als sei sie auf einer Promenade. Gesa und Vitus flanieren ebenfalls. Vitus pfeift. Fenya hält an, strahlt. Gesa hält an, angeekelt. Fenya betastet ihre Brüste.* Waren wie Äpfel. War ein - *berührt ihren Schoß* - duftender Garten. Wäre es nicht schön, wenn man mit Charme altern könnte, im Schaukelstuhl auf der Veranda? Zu Steely Dan aus dem Dampfradio? Im Inneren dieser fabelhaften Ruine lebt ein kleines Mädchen, das springt Seil.

HERR JOON *robbt zu ihr* Verirrtes kleines Ding.

FRAU FENYA Sollen wir reingehen? Damit wir uns kein Echo einreden müssen?

HERR JOON Du hattest recht mit den Batterien fürs Hörgerät.

FRAU FENYA Die Dunkelheit bricht herein.

HERR JOON Die Nacht lässt die Schatten verschwinden.

FRAU FENYA Wohin gehen sie?

HERR JOON Nirgendwohin.

FRAU FENYA Wohin gehen wir, wenn uns nicht mal Gespenster den Weg weisen?

HERR JOON Nirgendwohin.

FRAU FENYA Schwingt sich Tarzan nachts durchs Fenster, kreischt die Magd: Ich sehe Gespenster!

HERR JOON Was? Wie?

FRAU FENYA Parole der Landjugend.

HERR JOON Ich werde dich lieben, bis die Kühe

nach Hause kommen.

FRAU FENYA Weissagung der Cree?

HERR JOON Dithmarscher Bauernspruch.

FRAU FENYA Nachrichten besänftigen und erquicken. Versuch erst nicht, sie mir abspenstig zu machen oder mir einzureden, dass alle Eistrucker jetzt Taxi fahren.

HERR JOON Mein Gott, wie schön du bist.

FRAU FENYA Noch die dürrste Zeile tröstet. Jedes Wort davon. Wie ein Genever. Selbst wenn kein Gebimmel an der Tür sie ankündigt, just because it's fucking Monday.

HERR JOON Ich hab ihm noch zugeredet. Michael, sag ich, die Welt der Söldner ist eine entmenschlichte. Denk an deine Mutter, du wirst ihr schreiben müssen! Bitte, lass sie das nicht lesen! Keinem treusorgenden Heimchen sollten derlei Mitteilungen ins Haus flattern. Hat nicht gefruchtet.

FRAU FENYA *verwundert* Du hast mit ihm gesprochen? Wann? Ich kann mich nicht erinnern, dass du je das Gespräch mit ihm gesucht hast, so von Mann zu Mann. Jetzt fragst du bestimmt, ob ich meine Tabletten genommen habe.

HERR JOON Und, hast du?

FRAU FENYA Welche Farbe?

HERR JOON Spielt das eine Rolle? Bei deinem Bouquet an Krankheiten? Du nimmst ohnedies, was du willst! Nicht bloß montags.

FRAU GESA Angefangen hat es mit Käsekuchen. Morgens. Mittags. Abends. Arme Fenya. Sie glaubt, das letzte Stück vor Wochen gegessen zu haben, dabei hat sie soeben das halbe Backblech verdrückt. Humorlosigkeit kann man dieser Krankheit wirklich nicht vorwerfen.

FRAU FENYA Mir schmeckt's, versorgen solch Naschwerke doch das verblühte Weibsstück mit vitalisierenden Proteinen und Nährstoffen. Mich amüsiert's, wenn sie sich das Hirn zermartern, über neuronale Zellen, graue Mäuse und weiße Substanzen in meiner schusseligen Rübe. Scheiß auf die Kalorien! Not kennt kein Gebot. Nur Käsekuchen.

HERR VITUS Es existiert kein Postverkehr auf Tuvanaro. Von Brieftauben, Drahteseln und Paragrafenreitern ganz zu schweigen. Die Menschen sind schlecht zu Fuß und korrespondieren über Buschtrommeln. Einige steuern, auf Streichholzbeinchen wankend, üble Spelunken an, in denen sie die ökonomische Situation schönreden oder einander metzeln. Wer eine Sendung erwartet, bekommt sie von dienstbaren Geistern vor die Türe geworfen, fünf Monate verspätet.

Er bugsiert Gesa auf die Bühne, indem er sie ungalant jonglierend am Hinterteil packt und gröblich nach oben schiebt. Unwillig zieht sie ihn nach, erblickt die tote Raupe.

FRAU GESA *abgestoßen* Was ist das?

Alle gehen zum Kadaver.

FRAU FENYA Ist das ein Wal?

HERR JOON Eine Raupe, wie's ausschaut.

Auftritt Krebszelle. Alle schauen zu ihr.

FRAU GESA *zur Krebszelle* Warst du das?

KREBSZELLE Ich bin der Krebs. Mein Tod kommt auf leisen Sohlen.

HERR JOON Du bist zu früh.

KREBSZELLE Sagt der Erzähler auch immer.

HERR VITUS *bei der oberflächlichen Beschau der Raupenleiche* Habt ihr das Messer gesehen?

HERR JOON War wohl kalte Wut im Spiel.

FRAU FENYA So ein possierliches Tierchen. Hoffentlich hat es nicht leiden müssen.

FRAU GESA Kein Gewaltexzess, vor dem diese Mordbrenner zurückschrecken. Trunkene Schrate, die Zeugnisse ihrer kulturellen Evolution in die Luft jagen, am helllichten Tage die Treppe runterkullern und kein funktionierendes Postamt unterhalten, wo gibt's denn sowas? Selbst der Michael lässt nichts von sich hören. Nicht mal belanglose Grußkarten, stimmt's? Fenya, du hast's mir neulich erzählt. *Pause, in der sie Fenyas Zuspruch erwartet* Hast du doch?

FRAU FENYA *von den Socken* Dass ausgerechnet du dir ein Urteil über Mörder erlaubst!

Elfte Dressur - Neptuns Reich
am Ende der Flugreise

Der Paradiesvogel lässt einen Flügel hängen.

SCHILDKRÖTE Bist du krank?

PARADIESVOGEL Der Flügel.

SKORPION Schon wieder.

PARADIESVOGEL Mein Herr hat ihn mir gebrochen. Er glaubt, ich sehe zu viel von der Welt, wenn ich ohne Sinn und Verstand herumflattere.

SCHILDKRÖTE Der Tsunamigott ist ein weiser Mann. Folgt seinem Herzen ohne Eile.

SKORPION *zur Schildkröte* Kannst als urtümliches Tier, das Vertrauen und Frieden verströmt, leicht daherreden. Hat dir die Schöpfung doch Lebenszeit im Überfluss auf den Weg gegeben, um rundweg länger zu verweilen als es dem Auge guttut.

TSUNAMIGOTT Solidarität ist das A und O. Sie schweißt unterschiedliche Kreaturen in dem Streben nach einem auskömmlichen Leben erst zusammen. Die Schildkröte ist ein Musterbeispiel für gelebten Gemeinschaftssinn. Wenn dunkle Wolken und Stürme über die Insel hinwegfegen und die windschiefen Hütten aus Palmblättern zu bersten drohen, spannt sie flugs Hängematten für sich und ihre Artgenossen über dem Lehmboden auf.

SCHILDKRÖTE Früher schaffte es die Flut nicht bis hierher. Die Korallenriffe brachen die Wellen und hielten Überschwemmungen ab. Irgendwann verkauften sie die Korallen an die Touristen und das Wasser kam zu uns nach Hause. Es dauert ungefähr einen Tag bis es zurückgeht. Wir liegen auf Hängematten und schauen dabei zu, wie unter uns das Meer ein verzweigtes Netz an Kanälen erschafft und das Brennholz wie von Geisterhand von den Feuerstellen über die schmalen Inselwege fortgespült wird. Zehn Mal im Jahr geht das so. Es ist normal geworden. Der Meeresspiegel steigt, weil die Gletscher schmelzen. Wenn das Meer türkisfarben schimmert und die Delfine zurückkehren, begeben wir uns wieder auf die Suche nach frischem Brennholz und Zuckerrohr. Fliegen müsste man können.

TSUNAMIGOTT Ich bin kein Freund von Flugreisen. Die Eindrücke überbordender Exzentrik und ausschweifender Sinnesfreude führen unweigerlich zu seelischen Deformationen in der Fremde, auch seltene Spezies des Tripper sind bekannt. Der komplexe Bewegungsapparat und ein leistungsfähiger Stoffwechsel dürfen von Vögeln nicht dazu missbraucht werden, andere Arten zu überflügeln und die Bildung neuer Eliten anzustoßen.

ERZÄHLER Der Tsunamigott hat mit seinem Vorgänger gebrochen. Er glaubt an den Rückbau aller Errungenschaften, die ihm ein schwieriges Erbe eingebrockt haben.

TSUNAMIGOTT Der alte Knacker hatte bei der Erschaffung der Arten kein glückliches Händchen. Vorsichtig formuliert. Ein gebrauchter Tag, darf man doch sagen? Die einen ächzen unter deformierten Hornplatten, anderen wiederum erlaubt man, aus gemachten Nestern heraus die Freiheit zu erkunden. Ist das gerecht?

ERZÄHLER Man kann kein Volk umziehen, aber das Blut seiner Diener rächen. Deshalb droht er Industriestaaten den hemdsärmeligen Kulturkampf im Stil eines Lumpenproletariers an.

TSUNAMIGOTT Dritter Weltkrieg? Brauchen wir nicht. Wir haben Kommunismus und Tourismus.

ERZÄHLER Mittags trägt er auf dem Balkon seines Palais beigefarbene Shorts zu einem seemännischen T-Shirt, Schirmmütze und Badelatschen. Popeye trifft Gaultier. Très chic.

TSUNAMIGOTT Für die karbonisierte Welt existieren wir nur als Klischee. Ein exotisches Diorama, wie aus einem hüftkreisenden Elvis-Presley-Film. Ich habe meine Leute angehalten, ihre Notdurft im Meer zu verrichten und dort sogleich den Müll zu verklappen. In meinen entfesselten Träumen spülen die Gezeiten den Unrat an abgelegene Gestaden. Wenn Siele und Kläranlagen bersten, können Plastikflaschen, Tierkadaver und Kondome endlich jene Orte zurückerobert, an denen die Klimakatastrophe das Licht der Welt erblickte. Warum mein Vorgänger sich keiner Naturgewalten bediente? Wer weiß das schon.

ERZÄHLER Er schmiedet Pläne für eine Monsterwelle. Die Retourkutsche fürs Gletscherwasser. Rette sich, wer kann!

TSUNAMIGOTT Die Flut ebnet Ländereien ein, vulkanisches Magma transformiert illegal erworbene Besitztümer zurück in ozeanische Krusten. Tigerhaie und Schwertwale erschließen am Alexanderplatz neue Jagdgründe, der Kreml wird später im Handstreich von Seelilien und Haarsternen genommen. Vom Eiffelturm ist nur mehr die Spitze mit der Flagge auszumachen, die wie eine Boje aus dem Meer herausragt. Sightseeing und Museumsbesuche sind weiterhin möglich, nach Jules Vernes Idee von Tauchfahrten in Neptuns Reich, hinab zu Riesenkraken und absonderlichem Gewürm.

ERZÄHLER Wasser betrachtet er als sinnstiftendes Element.

TSUNAMIGOTT Gleichmäßig über Landmassen verteilt, macht es die Welt zu einem gerechten Ort. Wasser nivelliert, wenn es den Leuten erst einmal bis zum Halse steht. Wo kein Reichtum existiert, muss er nicht umverteilt werden. So begründet sich Genügsamkeit in Zeiten höchster Not wie von alleine.

TEIL DREI: WO SIND WIR? WIE VIELE VON UNS WOHLGEFORMTEN HAT ES DIESMAL ERWISCHT?

Zwölfte Dressur - Es zittern die morschen Knochen

Dunkel. Gesa und Vitus halten Taschenlampen in Händen. Nur der jeweils Sprechende beleuchtet sein Gesicht.

FRAU GESA Wir sind gerade in dieser Höhle, als ihr Tick erstmals zutage tritt. Bisons, Mammuts und Wollnashörner, ins Gestein geritzt oder mit Farben aus Pflanzen oder Blut aufgetragen, bevölkern die irisierenden Wände und bilden einen Befestigungsgürtel um unsere Reisegruppe. Anhand der verwendeten Holzkohle könne man das Alter der vorgeschichtlichen Malereien relativ sicher datieren, freut sich der Gästeführer wie Bolle, während Fenya aufsässig mit dem Kopf schüttelt.
HERR VITUS Siebenunddreißigtausend Jahre. Mittels Radiokarbonmethode.

FRAU GESA Hat sie nicht groß interessiert.

HERR VITUS Ein Steinschlag habe die Höhle irgendwann versiegelt, raunt uns der neuseeländische Tourist in löchrigen Füßlingen und Trekkingsandalen zu. Die Zeitkapsel als Glücksfall. Für Besucher wie Höhlenforscher. Konstant dreizehn Grad Celsius zeigt das Thermometer hier unten an, doch sommersprossigen Hawaiihemdträgern stehen erste Schweißperlen einer im Anmarsch befindlichen Erregtheit auf der kalten Stirn.

FRAU GESA Fenya bleiben sämtliche geologischen Prozesse und Geheimnisse um die nebulösen Symbolzeichnungen fremd. Auf den schillernden Tropfsteinformationen wollen sich vor ihrem geistigen Auge mitnichten abstrakte Details von Säbelzahntigern oder schamanische Zeremonien um prähistorische Jagdrituale abzeichnen.

HERR VITUS Da steht für sie schon alles im Zeichen dieser Schwangerschaft. Wenn man die so nennen möchte.

FRAU GESA Ach, du dicker Vater.

HERR VITUS Dachtest wohl, sie hätte den Spaß verloren, gegen die Strom zu schwimmen?

FRAU GESA Ich hatte die Hoffnung, sie würde in diesem sakralen Setting zur Besinnung kommen. Zuhören, die Zunge kontrollieren und zum inneren Frieden finden. Wenn plötzlich nur Schweigen ist, dann ist doch alles gesagt.

HERR VITUS *verständnislos* Wie ungeschlacht sie den Tourguide in den Senkel gestellt hat. Nix Heididei und Schmusepupu.

FRAU GESA Das Horst-Wessel-Lied war der Stimmungskiller. Aber sie wusste ja, was passieren würde.

HERR VITUS Es zittern die morschen Knochen.

FRAU GESA Die haben sich selbst Monty Python verkniffen.

HERR VITUS *verkündend* Dies Gewölbe soll ein Bethaus sein, ihr aber habt eine Mördergrube daraus gemacht!

FRAU GESA Hat sie das gesagt?

HERR VITUS Hat ihr wohl Jesus zugespielt. Im Doppelpass mit Lukas und Matthäus.

FRAU GESA Weiß Gott, warum sie neuerdings ergrauten Nationalspielern und falschen Propheten nachstellt wie ein rossige Stute.

HERR VITUS Dass wir lebend rausgekommen sind, grenzt an ein kleines Wunder, das nur mit deinem prompten Bekenntnis zum Existenzrecht Israels zu erklären ist. Ich beneide dich unendlich um den Esprit, Leute vom Baum zu holen und Öl auf alle denkbaren Wogen zu gießen.

FRAU GESA Ihre Gardinenpredigt über abgehende Schleimpfropfe, platzende Fruchtblasen und einbrechende Eröffnungswehen war krass schulmeisterlich und fett übergriffig. Dazu dieses ständige Salutieren, inbrünstige Herumfuchteln und der Wolfsgruß - ne, da hätten wir gleich reingrätschen müssen!

HERR VITUS Echos ihrer klatschenden Hände, von den Grottenwänden verstärkt und mehrmals reflektiert, erinnern an donnernde Hufschläge. Ausgerechnet dann, wenn man dieser Frau nen Knüppel zwischen die Beine werfen möchte, ist keiner zur Hand.

FRAU GESA Die ovale Form eines prähistorischen Hirsches, die uns als Reisegesellschaft kompositorisch umrahmt, deutet sie als geschwollene Vulva, zudem müsse die gesamte archäologische Stätte unter dem gesellschaftlichen Wandel des mütterlichen Nestbautriebs betrachtet werden, was die meisten mit rollenden Augen quittieren und unter Protest aus der Kaverne treibt.

HERR VITUS Nach fünf Stunden steigt sie uns nach. Wonnetrunken und mit tränenerstickter Stimme.

FRAU GESA Zuhause hat der Joon augenblicklich sein Sperma untersuchen lassen. Geruch. Farbe. Mobilität. Alles im grünen Bereich.

HERR VITUS Nussig soll's gerochen haben.

FRAU GESA Für die Fenya steht der Joon jetzt wie ein Platzhirsch im Spätsommer ihrer Fertilität. Ein letzter Schuss sozusagen.

HERR VITUS Dem Joon bedeutet Familie nichts. Dem hat die unerschöpfliche Lust an der erotischen Optimierung seiner Existenz jegliches Vertrauen in die Liebe ausgetrieben.

FRAU GESA Wie viele Familien hat er noch gehabt?

HERR VITUS Vier. Über den Daumen gepeilt.

FRAU GESA Wer Vater ist, kann jederzeit ein neues Leben beginnen, wer Mutter ist, muss hoffen. Der Joon war schon Biobauer in Belize und Schafsfarmer in Lütjenburg. Bei ihm dreht sich alles um Erträge. Um Fruchtbarkeit und Vermehrung.

HERR VITUS Wenn er eine Familie verlässt, geht er zur Bank. Ein neues Konto eröffnen.

FRAU GESA Frische Liebschaften lösen verglühte bequem per Dauerauftrag ab.

Dreizehnte Dressur - Das sprechende Zimmer

Unheildrohende Stube. Boshafte Strindberg-Stimmung.

HERR JOON Wir müssen was ändern.
FRAU FENYA Was denn?
HERR JOON *überlegt* Ein Aquarium.
FRAU FENYA Fische?
HERR JOON Zum Beispiel.
FRAU FENYA Wir leben auf ner Insel, schon ver-

gessen? Wir sind umzingelt von Fischen.

HERR JOON Ich sehe dich nur in diesem Zimmer, warst du mal unten am Strand?

FRAU FENYA Nein. Aber ich könnte. Es kommt nicht darauf an, was man möchte, man muss es auch wollen. Etwa dann, wenn eine besondere Affinität zu Fischen erwächst.

HERR JOON Die sind mir egal, ich liebe sie nicht.

FRAU FENYA Warum dann ein Aquarium?

HERR JOON Es könnte verlockend sein, anderen Lebewesen dabei zuzusehen, wie sie den Alltag organisieren.

FRAU FENYA Soziale Kompetenz also.

HERR JOON Brutpflege. Essensbeschaffung. Solche Sachen.

FRAU FENYA Liebe, das willst du doch sagen, mmh?

HERR JOON Na ja, es sind Fische -

FRAU FENYA - Wir sollen ihnen also beim Ficken zusehen? Sex, immer nur Sex - als ob ich's geahnt hätte! Druckst herum und stotterst, wenn dir Ferkeleien durch den Kopf gehen. Langsam wird es anstrengend, in eine zivilisierte Kommunikation einzutreten, wenn du schmuddelige Steilvorlagen lieferst. Mach dir keine Illusionen, der heiligen Teresa von Kalkutta, die bislang in meine pochenden Brust logierte, ist's längst schleierhaft, warum ich mich von dir an die Kette legen lasse, ich - ich muss verrückt sein.

HERR JOON Wegen eines Aquariums?

FRAU FENYA Gut, dass der Michael dich nicht hören kann.

HERR JOON Ich dachte, es könnte ein Anfang sein.

FRAU FENYA Aha, zu was denn?

HERR JOON Wir könnten zu Dingen durchstoßen, die uns einst etwas bedeuteten.

FRAU FENYA Hast du dich in Verhaltensforschung eingeschrieben?

HERR JOON Eine Art Bullauge. Damit wir uns nicht abhandenkommen.

HERR JOON Hat dir bestimmt die Gesa eingeflüstert, so nen Psychoquark.

HERR JOON Einige Exemplare können bei Gefahr die Farbe wechseln, da staunst du, was?

FRAU FENYA Wir reden aber noch von Fischen?

HERR JOON Die Wissenschaft unterstellt ihnen Gefühle. Kognitive Intelligenz, Schmerzen und Freude. Das behauptet nicht mal die Gesa.

FRAU FENYA *mokant* Hoppla hopp, spricht da der Schöngeist, gefangen in seinem skoliotischen Körper?

HERR JOON Es wäre nur ein kleines Becken, kaum der Rede wert. So groß wie die Hausbar mit den Likören.

ZIMMER *flüsternd* Hoppla hopp - Liköre -

HERR JOON *zu Fenya, auffahrend* Musst mich nicht nachäffen!

FRAU FENYA *streng* Wie oft lag ich dir mit den Batterien fürs Hörgerät in den Ohren? Jetzt ist das Kind in den Brunnen gefallen.

ZIMMER *flüsternd* Psst!

Joon bedeutet Fenya zu schweigen. Sie horchen. Das Zimmer atmet schwer.

FRAU FENYA *wispert Joon ins Ohr* Wir werden belauscht. Haben wir der Gesa zu verdanken, ihrer Angst einflößenden Allianz von russischen Swingern mit regimetreuen Hackern. *Ängstlich* Du gehst doch nicht ans Telefon?

Das Zimmer hallt den letzten Satz wider. Fenya und Joon rücken enger zusammen.

FRAU FENYA *flüsternd* Das Hörgerät! Sie haben dein Ohr verwanzt.

Das Zimmer hallt den letzten Satz wider. Joon befreit sich in Windeseile von seinem Hörgerät. Er flüstert ihr etwas ins Ohr. Sie flüstert ihm etwas ins Ohr. Sie halten Händchen. Ihr Flüstern hallt wider.

HERR JOON *flüsternd* Psst!

Kein Widerhall. Joon befühlt sein Herz. Das Zimmer hallt seinen gleichmäßigen Herzschlag wider. Joon flüstert Fenya ins Ohr. Fenya flüstert Joon ins Ohr. Das Flüstern hallt wider. Fenya befühlt ihr Herz. Das Zim-

mer hallt die trommelnde Herzfrequenz wider. Fenja schreit auf, Joon hält ihr den Mund zu. Das Zimmer lacht schallend. Joon schreit auf, Fenya hält ihm den Mund zu. Ein Mikrofon-Arm, um den sich eine Natter schlängelt, senkt sich ins Parkett herab. Fenya und Joon schreien und halten sich gegenseitig den Mund zu.

FRAU FENYA *und* HERR JOON *gemeinsam auf leisen Sohlen nach vorne, in konspirativer Absicht, mit dem Publikum in Kontakt zu treten, chorisch* Vorsicht! Passt auf, was ihr sagt. Der Raum wird abgehört. Das ganze Gebäude. Sie wissen, wo ihr wohnt. *Sie wiederholen den Appell mehrmals, nach Art eines improvisierten Wechselspiels, bei dem einzelne Zuschauer in den ersten Reihen bedachtsam, aber höchst suggestiv angesprochen werden.*

FRAU FENYA *eruptiv, wie vom Blitz getroffen* Hyper! Hyper! Rubbel die Katz! *Joon will ihr erneut den Mund zuhalten. Sie windet sich aus der Umklammerung, flieht zum Fenster.* Ultra! Ultra! Kratz den Biber!

Er läuft ihr übermütig nach.

HERR JOON Turbo! Turbo! Schüttel den Dachs!

FRAU FENYA Mega! Mega! Kitzel die Qualle! *Außer Atem, innehaltend* Von hier aus sieht man das Meer. Einen Ausschnitt.

Er tritt zu ihr. Sie blicken ins Weite und sprechen angstfrei weiter.

HERR JOON Ich sehe nichts.

FRAU FENYA Ich denke häufig an „My Life Without Me".

HERR JOON Unseren letzten gemeinsamen Film. Der Eierstockkrebs, wie gemacht fürs Autokino.

FRAU FENYA Sarah Polley war unfassbar authentisch in der Rolle.

HERR JOON Die zärtlich Geschichte eines leisen Adieus, wie könnte ich sie vergessen.

FRAU FENYA Mir hat sich das Meer eingebrannt. Vielleicht, weil es auf der Leinwand wahrhaftig erscheint und nicht manipulieren möchte.

HERR JOON Die Kamera lügt nicht.

FRAU FENYA Doch. Sie lügt ständig. Deshalb wurde sie erfunden. Ich weiß, wovon ich rede, ich habe alle Teile von „Salto Mortale" und „Um Himmels Willen" gesehen. Jutta Speidel und Fritz Wepper haben sich nie unterkriegen lassen, dem Herrn sei's getrommelt und gepfiffen, wie sie's trotz zahlloser Gehirnwäschen und lausiger Drehbücher immer geschafft haben, zu uns durchzudringen. Schade, dass es kaum noch Charaktere gibt, die nicht pausenlos überwältigen wollen. Sollte die Menschheit wider Erwarten mit einem blauen Auge davonkommen, verdankt sie dies möglicherweise den lebensklugen Hypothesen aus einem Fernseh-Kloster.

HERR JOON *immer noch am Fenster* Hast du nicht

behauptet, man könne von unserem Zimmer auf das smaragdgrüne Wasser blicken?

FRAU FENYA Bis die Flutwellen die Elendsquartiere der Unglückseligen niedergewalzt haben, können Tage ins Land gehen, wirst schon sehen, was passiert! In dunklen Stunden vertreibt's letzte Feuernebel und Teerschwaden vom Küstenstreifen.

HERR JOON Wäre es nicht schön, wir würden es bis runter ans Meer schaffen?

FRAU FENYA Ich soll an die frische Luft?

HERR JOON Unter Leute. Wäre ne Überlegung wert.

FRAU FENYA Sei nicht närrisch! Die Kinder von Tuvanaro haben monströse Wasserköpfe, pulsierende Fontanellen und gespaltene Gaumensegel - scheint dir nie aufgefallen zu sein! Kommt alles von den Atombomben. Es gibt nichts in deren Welt, das man gesehen haben muss. Nichts! Außerdem sind sie schwarz.

HERR JOON Dunkles Karamell.

FRAU FENYA What shall's!

HERR JOON Die ukrainischen Mandeln des Taxifahrers hatten die gleiche Farbe.

FRAU FENYA Ekelhaft.

HERR JOON Windest dich schon wie eine dieser Kreuzfahrt-Jungfern. Die lassen sich zumindest mit Durchfall und Migräne entschuldigen, wenn Landgänge anstehen.

FRAU FENYA *überlegt* Kommen Dienstagabend nicht „Die Rentnercops" im Ersten?

HERR JOON Heute ist Dienstag.

FRAU FENYA Danke, dass du mich daran erinnerst.

HERR JOON Bist du okay?

FRAU FENYA Danke ja, bist du okay?

HERR JOON Danke ja, warum sollte ich nicht?

FRAU FENYA Du sollst.

HERR JOON Ich bin.

FRAU FENYA Du musst -

Sie blättert im TV-Guide, er schaltet den Fernseher ein. Keine „Rentnercops" und kein Ton. Stattdessen sieht man kolportageartige Bilder von Protesten der Gruppe „Letzte Generation", kindliche Klima-Aktivistinnen beim Erstürmen von Museen und Abriegeln von Autobahnbrücken: ein aufspringendes Potpourri über die Zerstörung von Kunstwerken und das Festkleben auf Straßen. Fenya und Joon verfolgen innerlich unbeteiligt, was pubertär performativ und wenig politisch motiviert über die Mattscheibe flimmert, schon weil der abschließende stumme Abtransport der jungen Menschen durch martialisch Uniformierte affig und orchestriert wirkt. Fenya schaltet den Fernseher aus.

- Ich möchte keine Peepshow in diesem Wohnzimmer, merk dir das! Keine Schlüssellöcher und kein Bullauge zu nacktem Fleisch. Wegen Typen wie dir hat man solch jämmerlicher Ergötzung einst den Riegel vorgeschoben, es geht ja auch um die Würde von uns Frauen. Wenn du die entbehrlichen Räume dieser zauberhaften Seniorenresidenz zu gottlosen Bumsbuden aufmöbeln möchtest, dann bitte, es liegt ganz in deinen liederlichen Händen.

HERR JOON Es wären nur Fische! Kleine Fische!

FRAU FENYA Hast du ihnen in die Augen gesehen? Sie haben diesen kalten Verfolgerblick, der zweifelsfrei Vergewaltigungsabsichten birgt. Es ist hoffentlich nicht das, was du als kognitive Intelligenz bezeichnest?

HERR JOON Ich glaube, diese Geschöpfe nehmen einen kaum wahr, wenn man ihnen nicht ständig das Gefühl gibt, im Mittelpunkt zu stehen.

FRAU FENYA Haben diese Aquarien denn keine Neonröhren unterm Deckel?

HERR JOON Aber sie sind weder mit rotem Plüsch ausgeschlagen, noch verfügen sie über abwaschbare Kabinen und eine Drehbühne.

FRAU FENYA Alles musst du ins Lächerliche ziehen. Schon als du gestandst, mich nicht mehr zu lieben, klang es albern. Vielleicht reiche ich auf meine alten Tage die Scheidung ein und bewerbe mich bei den Zeugen Jehovas.

HERR JOON *blickt hypnotisch in die Ferne.* Heute Nacht kommt die Flut. Da ist so ein Geruch.

FRAU FENYA Der Rauch. Kannst du seine Farbe erkennen?

HERR JOON Weiß.

FRAU FENYA Dann verbrennen sie heute Leichen. Nichts als Wasserdampf und Kohlendioxid, Kleidung und Knochen. Nur die Gesa wird als blaue Flamme verkoken, Hand drauf! Bei der Menge an Plastik, die ihren Körper in Form hält.

HERR JOON Und morgen?

FRAU FENYA Morgen zeige ich dir das Meer. Zwischen Speisesaal und Krematorium. Wenn schwarze Rauchsäulen schwelenden Mülls uns dort ein Türchen öffnen, plinkert es hervor.

HERR JOON Es muss kein Autokino sein.

FRAU FENYA Möchtest du wirklich ein Aquarium?

HERR JOON Ich wollte nur hören, ob du noch atmest.

Vierzehnte Dressur - Zerstörte Hoffnung
auf Empfängnis

FRAU GESA Als sie aus dem Bad kommt, steht er mir nichts, dir nichts vor ihr. Nicht physisch, aber in Form dieser Briefe, aus denen Joon kreidebleich und mit bebender Stimme zitiert. Elbsandstein und Zentralasien, arktische Vulkaninseln und iranisches

Hochland, Heckler und Koch. Im Gefecht ist's Sitte, jeden Vorteil zu nutzen, so schreibt's das Bolzplatzkind im Donnerton der Geschütze. Der Krieg produziert mehr böse Buben, als er deren wegnimmt, barmt Fenya, Mensch Michael, du bist ja gar nicht wiederzuerkennen! Jetzt möchte sie sich lieber an dessen Einschulung erinnern, an aufgeschürfte Knie zu unschuldigen Zeiten des Stimmbruchs, die erste Freundin, die er Scarlett nannte, obwohl sie Raven hieß, Jasmine, Crystal oder Ruby, wer will's schon wissen? Auf Fenyas Geheiß pfriemelt Joon flugs uferlose Schriftwechsel aus blutverschmierten Kuverts. Wenn sie durch Leid geprüft werde und dem Tod ins Auge schauen müsste, würden all die Trugschlüsse, an denen sie gehangen hatte, nicht wie Raureif im Sonnenschein dahinschmelzen.

ÄRZTIN An den künstlichen Darmausgang hat sich Fenya gewöhnt. Und Joon haben sie gesagt, dass sie noch nicht wissen, was bei seiner Prostata rauskommt.

Sie schaut rüber zu Gesa. Die Frauen sehen sich fragend an.

ÄRZTIN Sollte jetzt nicht der Krebs kommen?

FRAU GESA Meine ich auch.

ÄRZTIN *zur Souffleuse im Parkett* Könnten Sie mal schauen.

Die Einsagerin blättert im Sprechtext.

SOUFFLEUSE Der Krebs. Hier steht er.

ÄRZTIN *ruft in den Saal* Kann mal jemand erklären, was hier los ist?

Man hört das Räuspern der verunsicherten Inspizientin aus dem Lautsprecher.

INSPIZIENTIN *aus dem Off* Hören Sie - ähm - der Krebs ist gegangen. Vor einer Stunde. Er hat sich für das flexible, tariflich ausgehandelte Teilzeitmodell von neunzehn Komma fünf Stunden entschieden und steht diesen Monat nicht mehr zur Verfügung.

ÄRZTIN Und jetzt? Sollen wir stattdessen die Demenz einschieben?

FRAU GESA *in dunkler Vorahnung* Schockschwerenot! Schon wieder Käsekuchen!

INSPIZIENTIN Die Demenz hat gekündigt, wussten Sie das nicht? Es gab gewisse Vorfälle hier am Haus, die Demenz sprach von einem Klima der Angst. Unter Tränen. Ich darf mich dazu nicht äußern, der Erzähler erarbeitet aber gerade ein Diskussionspapier und wünscht sich eine ergebnisoffene Debatte.

ÄRZTIN Seit wann können Krankheiten hier kündigen? Ist mir neu. Erzählen das die Bummelanten mit den Trillerpfeifen? Neulich hab ich einen von ihnen erwischt, als er die Reifen von meinem Sprinter aufschlitzen wollte. Zu Shakespeares Zeiten hauchten die Schurken ihr Leben noch beim Schwertkampf aus oder sie wurden über Gebühr von Toxinen oder der Pestilenz heimgesucht, hab ich dem Schlitzer gesteckt, Müßiggang und Work-Life-Balance liegen ja nicht in der Natur des Gebrechens, die zahlen bloß bei der Gewerkschaft ein. Hatte null Bock auf Belehrung, der seltsame Patron, nahm nicht mal das Messer aus der Hand.

FRAU GESA Ihr letzter Krebs, die Zyste an der Milz, war jetzt kein herber Schlag ins Kontor. Aber bei Ausschabungen darf man nicht zimperlich sein, da geht's ans Eingemachte, Tiefbau mit eisernem Besen sozusagen, eine Demenz kann bestenfalls narkotisieren.

ÄRZTIN Bei Operationen sprechen sie sich ab. Liegt sie im Krankenhaus, geht er arbeiten und schmeißt den Haushalt. Kommt er unters Messer, hockt sie daheim und trinkt Bier.

Herr Joon platzt in die Szene hinein.

HERR JOON Seit der Gürtelrose meiner Frau bin ich ein anderer. Einer, der dem Chef die Meinung geigt, wenn ein stinkender Beduine sich an nem fremden Arbeitsplatz breit macht.

FRAU GESA Nachdem sich sein Boss für den ägyptischen Programmierer ausgesprochen und Joon gekündigt hat, hockt er im Feinripp zuhause vor der Glotze und tankt Bier.

HERR JOON Jetzt geht der Stress wieder los.

Die Kommission, die eine Langzeitkur für Morbus-Crohn-Patienten absegnen soll, bleibt seltsam unbeeindruckt. Dabei drängt sich das Tote Meer schon wegen der Gürtelrose und der Prostata auf, aber vermutlich zahlen sie am Ende nur Bad Bramstedt. Wenn der Kampf um die Invalidenrente ausgefochten ist, kann ich diesmal sogar auf eine Pflegerin bestehen, ein rassiges Schnittchen vielleicht. Die soll zuerst mal die Bierkästen in den Keller schleppen und Leergut checken. Prösterchen.

Er geht ab.

PROGRAMMIERER Ich verstehe nicht, was Menschen an Kairo so furchtbar finden, jede normale Stadt sieht aus wie Kairo. Die Wohnungen bersten vor Milben, um die Kioske herum riecht es nach Pisse und die Ansagen in der U-Bahn sind zu laut. Dass mein Vorgänger mich einen Kameltreiber genannt hat, hab ich ihm verziehen. Wir haben ja nur dieses Scheißleben, und im Grunde weiß ich nicht, wie es sich anfühlt, langsam auszutrocknen. Wenn keiner mehr meinen Pimmel anfassen wollte, würde ich das bestimmt komisch finden, aber ich bin noch zu jung, um nicht mehr angefasst zu werden. Neulich hab ich gesehen, wie der Joon einen kleinen Hund getreten hat. Ist mir noch nie passiert. Allah sei Dank.

KIOSKBESITZER Sie stehen vor meinem Büdchen wie arthritische Maultiere auf nem Gnadenhof.

Traurige Gestalten, arbeitslos oder im Schichtdienst, die gegen das Alleinsein ansaufen, spätabends in ihre verwahrlosten Wohnungen schwanken, in denen sie schon die Stunden herunterzählen, um mittags pünktlich zum Büdchen zurückzukehren. Die meisten haben Krebs, eine kaputte Leber und keine Ideen. Sie erzählen vom Wetter, das grundsätzlich schlecht ist, und von exotischen Inseln, auf denen sich lächelnde Thaimasseusen angeblich um ihre ödematösen Gliedmaßen prügeln.

INSULANERIN Sie kommen der Berührung wegen. Die ganze lange Anreise, nur um schlaffem Bindegewebe frisches Blut zuzuführen. Auf der Liege grunzen sie wie Folteropfer auf der Streckbank, erzählen Geschichten vom gelebten Leben, der zurückgelassenen Existenz, an die sie traurigerweise nicht erinnert werden möchten. Ich habe an das Vergessen in der Ferne nie geglaubt, an das Überwintern von Schmerz und Trauer nach dem Tapetenwechsel. Der Mensch nährt sich nicht von Inselträumen, er erschafft sich aus seinen Erinnerungen. Einige sind unter meinen Händen gestorben. Keinem stand der Seelenfrieden ins Gesicht geschrieben. Der Tod trägt die Fratze der gepeinigten Kreatur.

FRAU GESA Natürlich will er sie sitzenlassen, der kennt ja nur die Flucht. Nachdem Fenyas Gebärmutterpolyp jede Hoffnung auf Empfängnis zerstört,

stuft die Hausbank augenblicklich Joons Kreditwür-
digkeit herunter, trotz beflissener Spermien und ver-
mehrter Paarungsbereitschaft. Schwuppdiwupp und
Künstlerpech.

ÄRZTIN Sie muss von dieser Frau gehört haben,
die Kaninchen zur Welt gebracht hatte.

FRAU GESA Mehrere hundert Tiere. Fenya, was ist
bloß in dich gefahren?

*Auftritt Herr Joon, der sich um eine Erklärung genö-
tigt sieht.*

HERR JOON Von einem erstklassigen Chirurgen
bekommen wir die Mitteilung, eine Frau von einem Wesen ähnlich einem Hasen entbunden zu haben, dessen Herz und Lunge außerhalb des Bauches
wuchsen, und zwar vierzehn Tage nachdem sie bereits ein ganzes Kaninchen geboren hatte.

Hoppelnder Auftritt von drei Kaninchen.

ERSTES KANINCHEN Nachdem sie bei der Feld-
arbeit ohne Grund eines von uns Tieren eingefangen
hatte, soll dies in ihr ein solches Verlangen nach Ka-
ninchenfleisch ausgelöst haben, dass sie krank wurde
und eine Fehlgeburt erlitt.

ZWEITES KANINCHEN Von da an hat sie nicht
mehr aufgehört, an Kaninchen zu denken.

DRITTES KANINCHEN Bei genauer Betrachtung
der von ihr zur Welt gebrachten unvollständigen Hasen stellte man fest, dass die Zertrennung der Körper

nicht durch übermäßig starke Gebärmutterkontraktionen erfolgt war, sondern eindeutig Anzeichen des Einsatzes von Schneidewerkzeugen aufwiesen.

ERSTES KANINCHEN Vor Gericht musste sie gestehen, die Karnickelteile selbst in ihrer Vagina platziert und so den erstaunlichen Geburtsvorgang vorgetäuscht zu haben.

HERR JOON *empört* Na und? Hätte Lieschen Müller und Max Mustermann doch auffallen müssen, wenn ein so blutiger Ausfluss die Hosenbeine entlang rinnt! Als der stille Reiter auf seinem Ross daherkam und die kalten Finger des Vergessens Fenya sanft berührten, ward ihr's heller so nah am Grabe. Freilich ließen die leuchtenden Augen des Schicksals von ihr ab, als sie heftige Sturzgeburten fantasierte, da verstummte sogleich die Melodie des Todes und der Rabe machte sich eilfertig vom Acker. *Wenig bußfertig ins Publikum* Aber bitte, wer ohne Schuld ist, der werfe den ersten Stein!

ZWEITES KANINCHEN Ihr Mann hat den Schwindel tatkräftig unterstützt.

DRITTES KANINCHEN Bis zu dem Tag, als die gesamte Umgebung leergekauft war und die Leute nichts mehr zu essen hatten.

ERSTES KANINCHEN Tiefkühlware aus Neuseeland war ihm zu teuer.

ZWEITES KANINCHEN Aufgekauft, zerteilt und

für das Wunder der Geburt präpariert.

DRITTES KANINCHEN Am Schluss stopft sie sich tote Katzen rein.

Alle Kaninchen ab.

FRAU GESA Ich hab die Fenya nie um dieses Kind beneidet, selbst wenn sie sich den Buben bloß eingeredet haben mag, diesen Michael. Viele bezichtigen sie der Zurschaustellung von Monstrosität oder der Hexerei. Ich nicht. Erfindungsreichtum ist doch keine Krankheit, ist ja wohl die Höhe!

Fünfzehnte Dressur - Eine Frau ohne Kind ist wie ein Mann ohne Penis

FRAU FENYA Du kannst mich altmodisch nennen, aber ich bin ganz froh, dass meine Mutter mich ausgetragen hat und nie das Gefühl hatte, im falschen Körper zu stecken.

HERR JOON Darfst mir gerne die Ohren volljammern, ich seh's dir ja an, wenn du Streit suchst und über Bande spielst. Deine flatternden Nasenflügel sind ein sattelfester Indikator.

FRAU FENYA Nicht auszudenken, wie meine Kindheit verlaufen wäre, hätte ich die Freiheit gehabt, ein Leben nach Gutdünken zu führen. Als Salatgurke oder Weinbergschnecke wären mir jedenfalls alle

Wege verbaut gewesen, mit einem unsteten Don Juan wie dir anzubandeln.

HERR JOON Habe ich mich beklagt? Niemand hat dir bislang in dieser Angelegenheit in die Suppe gespuckt, warum also zurückblicken?

FRAU FENYA Ja, nehm Sie ruhig in Schutz, blablabla, endloses Gewäsch und Palaver, blablabla. Glaubst du, ich habe nicht bemerkt, dass zwischen dir und dieser Elektra eine unheilvolle Verbindung besteht?

HERR JOON Soll wohl ein Scherz sein! Wovon redest du?

FRAU FENYA Immerhin rede ich, kapiert! Willst du mir den Mund verbieten? Ich rede, während andere sich das Maul zerreißen.

HERR JOON Über dich?

FRAU FENYA Oh, glaub mir, ich weiß, wovon ich spreche.

HERR JOON Das Mausoleum, ist es das?

FRAU FENYA Es ist eine Kapelle - wie häufig soll ich es noch sagen! Ein Haus Gottes, schon mal von gehört? Ein Ort der stillen Einkehr, des Gedenkens an jene, die ihre Stimme nicht mehr erheben können.

HERR JOON Aber sie hatten nie eine Stimme, ihre winzigen Körper wurden beim Abort in Stücke gerissen.

FRAU FENYA *laut* Dann erhebe ich jetzt stellvertretend für diese armen Würmer meine Stimme. *Hysterisch* Denk nicht, dass ich krank im Kopf bin! Nicht mal andeutungsweise.

HERR JOON *verzweifelt* Scheiße, wir stecken eine Million in ein Grabmal, in dem niemand aufgebahrt wird!

FRAU FENYA Weil Sie alles püriert hat, mit einem Stabmixer! Sämtliche Kostbarkeiten, die ein Uterus so ausklamüsert! Musste sie ausgerechnet den hutzeligen Kirschlorbeer und die Rosmarinweide mit ihren passierten Leibesfrüchten düngen? Joon, was sagst du, würde ich die Deutsche Bank ausplündern? Gleich morgen früh. Berechnend, aber mit dem Gemüt einer Brummfliege, das mir innewohnt. Ohne Scheu und Zweifel könnte ich zehn Lebensjahre in einem düsteren Kerker einsitzen, wenn feststünde, dass aus der Beute meines frevlerischen Handelns eine Kathedrale gebaut würde, so majestätisch und angsteinflößend, dass Sünderinnen wie die Gesa bei deren Anblick erstarren müssten! Du aber, Herr Joon, bist verrottet bis in den Kern deines Wesens hinein! Gott allein wird wissen, warum ich den willfährigen Schüler einer Medea ehelichen konnte. Dabei war ich Spitze in Latein. Euripides, die alten Griechen, ausnahmslos dufte Lehrer. Sicher hättest du mich wegen dieser Kindsmörderin sitzengelassen, wenn deine Bank sich spendabel gezeigt hätte, sei still, ich weiß es! *Erschöpft, gezügelt* Wärst du bei ihr geblieben, wenn dir das Scheusal geschworen hätte, nicht die gemeinsamen Blagen zu schreddern?

Er steht eine Weile bekümmert herum, möchte sie dann in ihrer Betroffenheit trösten und küssen. Sie wehrt sämtliche Avancen brüsk ab, läuft schließlich davon.

HERR JOON Der Großteil des Lebens vorbei. Ich habe das Gefühl, es verschlafen zu haben. Vertrödelt vor der Glotze, mit Frauen, die mit Blicken liebten, obwohl ihre Seelen seit langer Zeit erloschen waren. Lief unterm Radar, weil ich den Tag immer mit einer Flasche Chardonnay starte und später mit Tequila und Limette nachspüle. Nach dem Nickerchen schaue ich mir oft selbstgedrehte Kurzvideos auf Insta Tweed und Tik Space an. Bejahrte Prominente arbeiten sich da an ihrer Vergänglichkeit ab und verrichten dämliche Kunststücke, die an alte Glanzzeiten erinnern sollen. Zuweilen verändere ich etwas in der Wohnung. Mit Blumen. Damit es nach Fortschritt aussieht und nach Metamorphosen duftet. Manchmal denke ich, ich könnte Reue empfinden und alles umkehren. Sie. Mich. Aber dann sehe ich Fenya Löcher in die Luft starren. Wenn sie von allen guten Geistern verlassen ist, fehlt es mir an Überzeugung, Asche aufs Haupt zu streuen. Sie muss von diesem Chiemgauer Landwirt aus dem

TV-Programmplaner erfahren haben, während ich geradewegs den Mondrian aus dem Baumarkt an die Wand getackert und den Raketen-Wacholder Richtung Zimmerbrunnen geschoben habe. Was ist Ausschwitz gegen den täglichen Massenmord an ungeborenen Kindern? Ich schaue sie perplex an, weil ich die Frage nicht verstehe und mich nach einer Mütze Schlaf sehne. Von der Anti-Abtreibungs-Kapelle, die sie zusammen mit diesem herausgeputzten Pfingstochsen errichtet, erfahre ich drei Wochen später aus dem Internet. Bin ich naiv? Ich hab ja schon gesagt, dass ich immer sehr müde bin.

Er hofft, Fenya einholen zu können, verbleibt nach einigen Schritten aber wie angewurzelt an Ort und Stelle und flankiert unfreiwillig den Auftritt des oberbayerischen Landwirts in Tracht: Filzhut, Leibl aus Samt, Joppe mit Perlmuttknöpfen, Stiefellederhose, ein Buchenast als Stock.

LANDWIRT Schlichte weiße Mauern, eine Holzschaukel daneben. Ich weiß nicht, wie einige da von einem Ort der Hetze sprechen können.

HERR JOON Ja mei, die Linken.

LANDWIRT Vielleicht haben einige die Fotos mit den abgetriebenen Embryos irritiert, die ich auf die steinerne Gedenktafel, direkt neben der Mutter Jesu, gedruckt habe. Ich bemühe mich, Leben zu schützen. Hab's mir schon als kleiner Bub zu Herzen genommen. Im Grunde ist's der gleiche Job, der heutzutage die jungen Leute dazu verleitet, Flüchtlingskinder aus dem Mittelmeer zu fischen.

HERR JOON Ja mei, die Lebensschützer.

Herr Vitus taucht auf.

HERR VITUS Abgesaugte Föten, liest man auf dem Granit, würden zerstückelt und zu Kosmetika verarbeitet, zu Anti-Aging-Cremes. Da bleibt einem die Spucke weg.

LANDWIRT Sie gewinnen medizinische Produkte aus ihnen, die Abtreibungsindustrie verdient Milliarden damit.

HERR VITUS *bestürzt* Ich - ich mein, woher hat er das?

LANDWIRT Hat mir die grüne Jugend gesteckt.

HERR JOON Ja mei, die Grünen.

LANDWIRT Turnen jahrein, jahraus bei Beyer und Henkel umher, zwischen hellerleuchteten Kesseltanks, auf denen sie lästerliche Parolen hinterlassen. Nachher wollen alle immer weiße Ratten und entzückende Beagles aus Todeszellen befreit haben - mit was sich Herz-Jesu-Marxisten nun mal herausreden, um nicht vollends mit heruntergelassenen Hosen vorm Haftrichter zu stehen. Wo ich das aufgeschnappt habe? Steht alles in Reader's Digest.

HERR JOON Ja mei, die Lügenpresse.

LANDWIRT Der Fliesenleger hat mir die halbe

Arbeitszeit in Rechnung gestellt, der Tischler die schwere Tür gezimmert, und der Bürgermeister hat ohne bürokratischen Ballast dafür gesorgt, dass sie den Forstweg gleich bis hinauf zur Kirche asphaltiert haben. Ist ein prima Kerl, der Bürgermeister von Umratshausen, jedenfalls hat er sich den „Schweinebaron" in meinem Beisein stets verkniffen. Es ist ja nicht so, dass die Kapelle gegen den Willen des Dorfes entstanden ist.

HERR VITUS *fassungslos* Der größte Völkermord in der Geschichte der Menschheit! So steht's dort droben in Stein gemeißelt, und: Holocaust an ungeborenen Kindern! Ohne Worte.

LANDWIRT Der Holocaust war sicher die Idee von der Frau Fenya.

HERR JOON Die Fenya. Ja mei.

HERR VITUS Den Anblick dieser Kapelle empfand die Gesa als Affront gegen Frauenrechte, die war vielleicht auf hundertachtzig, richtig herausgefordert fühlte sie sich auf ihre alten Tage, in sexueller Hinsicht ohnehin.

HERR JOON Warum muss der Bock sie auch rund um die Uhr besteigen?

HERR VITUS Kann ich etwas dafür, wenn mein Samen beständig auf fruchtbaren Boden fällt?

LANDWIRT Irgendwann möchte die Fenya ein bronzenes Taufbecken in Form eines riesigen Kreuzes in die Apsis eingebaut haben.

HERR JOON Ein gewichtiges Zeichen.

LANDWIRT Wir hatten uns der albernen Inschrift wegen entzweit: Eine Frau ohne Kind ist wie ein Mann ohne Penis. Geschmacksfrage. Sieht der Bürgermeister ähnlich.

HERR JOON Der Pfaffe war zu bequem, einen der Seitenaltäre freizuräumen.

LANDWIRT Vom Sohn hat sie wie von einem Heiligen gesprochen, obwohl der Michael ja in der Wolle militärisch gefärbt ist. In einem der letzten Telefonate ist möglicherweise der Begriff Embryocaust gefallen. Keinen Schimmer, warum ich mich von einer Privatfehde hab hinreißen lassen, ich kenne diese Frau Gesa doch überhaupt nicht. Ideologisch ist der Bengel der Fenya aber sicher über den Kopf gewachsen, jammerschade, dass sie mir nie ein Bild von ihm hat zeigen wollen, dem Rotzlöffel hätte ich die Ohren langgezogen, von wegen Grabenkrieg und Stahlgewitter, so ne verfickte Ernst-Jünger-Scheiße.

HERR JOON In letzter Konsequenz hatte sie der Gesa die Pistole an die Schläfe gehalten und befohlen, Mutter zu werden. Ja mei.

HERR VITUS Frauen dürfen Kanzlerinnen und CEO bei General Motors werden, über ihren Unterleib bestimmen dürfen sie nicht. Daran wollte die Gesa schrauben und hat den Eisberg bis hinauf zur

Kapelle wie im Sturm genommen. Natürlich wird's kompliziert, wenn sie sich in ihrem feministischen Furor herausgefordert fühlt.

HERR JOON Die hat ihren Bauch als Waffe eingesetzt, plump gesprochen, und jeden ihrer dreiundfünfzig Schwangerschaftsabbrüche zum politischen Statement erhoben. Wie arm.

LANDWIRT Bei Ausschwitz bin ich raus, schließlich lassen sich Äpfel nicht mit Birnen vergleichen. Hab ich der Fenya auf den Kopf zugesagt. Sie aber ist der Ansicht, dass jegliches Monströse zuallererst ein untrügliches Äquivalent braucht, um überhaupt als Monstrosität wahrgenommen zu werden.

HERR JOON Wenn Maßstäbe verloren gehen, können wir gleich den Hühnerdieb auf den elektrischen Stuhl setzen und den pädophilen Bluthund zum Familienminister ernennen. So impft's die Fenya uns beim Essensgebet ein.

HERR VITUS Ich hab's meiner Gesa noch besorgt, als ihr Beckenkanal längst nichts mehr abwarf, was sich hätte zu Pflanzendünger häckseln lassen.

LANDWIRT Irgendwann kommen die Unterlassungsklagen ins Haus geflattert. Die Jüdische Gemeinde. Wegen der Scherze.

HERR VITUS Sehr witzig.

HERR JOON Der Zentralrat, ja mei. Die Fenya hat's gleich ungelesen der Papiertonne überlassen.

Zu Joons Abgang treten die Ärztin und der Erzähler, die einige Zeit von der Seite beobachtet hatten, nach vorne.

ERZÄHLER *zur Ärztin* Wie kommen Sie eigentlich auf die Klageschrift? Und dann diese ekelhaften Vergleiche!

ÄRZTIN Weiß nicht, wie's geschehen konnte. Mit einmal hat sich alles verselbstständigt. Die Bilder. Der Babycaust. Die Witze. Die Ideen verfolgen mich überall hin, schon zur Morgentoilette werde ich heimgesucht. Ich geb das Schreiben hin, wenn sich jemand findet, der mich brutalstmöglich schwängert, mein Konto plündert und einen einzigen wahren Satz zu Papier bringt.

ERZÄHLER Lach mich tot, Sie sind arm wie eine Kirchenmaus, und mit wahren Sätzen versorgt uns schon der Steuerbescheid vom Finanzamt.

ÄRZTIN Bleibt nur die Schwangerschaft. *Tritt an den Erzähler heran.* Wie wäre es mit Ihnen? Nur zu, Sie stehen doch auf späte Mädchen?

ERZÄHLER Soll das ein Witz sein?

ARZTIN Der Landwirt ist der geborene Scherzkeks.

ERZÄHLER Hab ich nicht vor experimentellen Überschreibungen gewarnt? Hab ich doch! Der Zentralrat, Sie müssen plemplem sein! Was reizt Sie eigentlich am Chiemgau? Warum nicht gleich Berchtesgaden? Der Watzmann mit seiner Story und sei-

117

nem Setting, wenn schon, denn schon, den Aufzug hoch zum Kehlsteinhaus, der Obersalzberg glüht im Bombenhagel, Lichtjahre entfernt von Blankenese, von Eppendorf sowieso, Himmel, Gesäß und Nähgarn, unsere Leute verwechseln schon die Harburger Berge mit der Schwäbischen Alb, kein Witz.

ÄRZTIN Ich könnte ein Witzchen gut vertragen.

LANDWIRT *traut sich aus der Reserve* Wie kriegt man - *stockt*. Na, da beiß ich mir lieber auf die Zunge.

ERZÄHLER *zur Ärztin* Wo nimmt der Landwirt bloß seinen Humor her? Dreiundsiebzig Jahre Demokratie und schon wieder die alte Leier. Pausenlos Jubiläen mit Friedman am kalten Buffet. Wo haben wir versagt? Unterbrechen Sie mich, wenn Sie den kennen: Wie kriegt man zwanzig -

LANDWIRT *unterbricht ihn* - Der ist von mir!

ÄRZTIN *um Klarstellung bemüht* Nachdem ich's Ihnen in den Mund gelegt habe.

ERZÄHLER *konziliant* Nur zu, fahren Sie fort.

LANDWIRT *kühn* Wie kriegt man zwanzig Juden in einen VW? Zwei vorne, drei hinten, der Rest in den Aschenbecher.

Erzähler und Landwirt lachen wie Hyänen. Die Ärztin schämt sich.

ERZÄHLER Ich erzähl den immer mit fünfzig Juden.

Erzähler und Landwirt schütten sich aus vor Lachen. Ärztin würgt.

LANDWIRT *kriegt sich kaum ein* Ich könnt ewig weitermachen. Hoffentlich hören keine Ausschwitz-Enkel zu.

ÄRZTIN Irgendwann übersteigen die Gerichtskosten mein Salär als glücklose Autorin. Der niederträchtige Nachbarsbengel deponiert heimlich Knallfrösche unter die Fußmatte, bringt den Briefkasten mit Rasierschaum zum Bersten und lässt vorsätzlich Spinnentiere aus Plastik auf dem Gehweg zurück. Mein Anwalt legt das Honorar in Aktien von israelischen Waffenschmieden an und verbuddelt die Goldbarren auf spöttische Art in meinem Schrebergarten, und die dumme Sau von einer Dramaturgin wechselt die Straßenseite, wenn ich die Berberitzen im Vorgarten von gruseligen Klopapier-Girlanden befreie, mit denen mich entrüstete Zeitgenossen an Halloween eindecken. Neulich hat der Friedman angerufen. Ob er mein Mandat übernehmen dürfe, er kenne sich gut aus mit Vergleichen. Dann hat er über Frischfleisch aus Osteuropa und andere geschmacklose Deals schwadroniert, als mittellose Heilkundlerin und Ärztin mit entzogener Approbation würde ich den Genuss bestimmter Boni sicher zu schätzen wissen. Hab selbstverständlich abgelehnt.

Ein Friedman-Darsteller schlappt wie zufällig vorbei,

als Nachhut von drei muskulösen Personenschützern, die mit schnellen Augen und vorgehaltenen Pistolen die Umgebung sondieren. Alle wie aus dem Ei gepellt.

FRIEDMAN Ich hab kein Problem mit choreografiertem Hass und Verbalattacken. Aus stetiger Diskriminierung gewinne ich Kerosin, das meine Eitelkeit befeuert. Der größte Feind ist die Zeit. Die Fernsehsender drücken mir unentwegt neue Talkshowformate in den Terminkalender, zu morgendlichem News-Trash und mitternächtlichen Nacktfröschen. Tag und Nacht soll ich denen die Demokratie retten und dabei rüberkommen wie ein steirisches Backhendl in Canaubawachs-Pomade. *Er streicht über seine gegelte Betonfrisur und grinst wie Berlusconi.* Die Demokratie ist nicht zu retten. Knall ich den Fritzen vom Ekel-TV in der Deutlichkeit natürlich nicht vor den Latz. Hier nennen mich alle nur Paolo Pinkel, doch so lange sie mir unter Pseudonym Koks und minderjährige Ukrainerinnen als Garderoben-Snack zuführen, trommle ich umso flammender für selbstbestimmte Sahneschnittchen und pluralistische Gesellschaften. Gerne hätte ich der Ärztin unter die Arme oder sonst wohin gegriffen, die ist ja keine Lutheranerin oder vom anderen Ufer, aber nun einmal in einem Alter, in dem sie bei Maischberger und Lanz einfach besser aufgehoben ist als bei nem lederhäutigen Lustmolch mit flexibler Pomade und

Philosophie-Professur. *Breites Berlusconi-Grinsen.*

ÄRZTIN Letzte Woche hab ich bei Lanz mit Iris Berben und Senta Berger geschnattert, inmitten greller Scheinwerfer und einer Duftwolke aus Kölnisch Wasser, über vergeigte Hollywood-Karrieren, diverse Fettabsaugungen, inklusive Fuck-Nazis-Kampagnen und vernarbtes Unterbauch-Gewebe. Hinterher haben sie's rausgeschnitten, Hollywood und das Bauchfett.

FRIEDMAN *scheint etwas zu wittern.* Dunkle Energie. *Er zieht die Oberlippe hoch, flehmendes Taxieren der Örtlichkeit* Geistermaterie. Überall. *Zu seiner Leibgarde* Habt ihr doch bemerkt? *Die Personenschützer - eben noch beim Absichern von Eingängen und dem Einebnen harmloser Kulissen beschäftigt - stutzen wie gemaßregelte Kinder. Friedman hat zur guten Laune zurückgefunden.* Ich scheiß mich an, könnt glatt ne Armada von Witzen vom Stapel lassen. *Zu seiner Entourage* Kommt schon her, ein Dieb vor der Tür ist der beste Wächter, ihr habt doch Bock auf derbe Witze? *Sie nicken einmütig.* Einen Narren erkennt man am Gesicht, einen Klugen an den Augen. *Sie treten zu ihn heran.* Adolf Hitler geht zum Rabbiner. Führer, sagt der Rabbi, du wirst an einem jüdischen Feiertag sterben. An welchem denn, fragt Hitler - *Er stockt gesenkten Hauptes* Na, da verkneife ich mir besser ein Grinsen.

LANDWIRT *erleichtert* Der Einsicht schönstes Kleid: Bescheidenheit.

FRIEDMAN *lässt nicht locker* Wisst ihr, wie sich die ideale Fußballmannschaft zusammensetzt? *Alle schauen sich fragend an.* Im Sturm spielen Juden, weil die nicht verfolgt werden dürfen. Im Mittelfeld machen Schwarze, Chinesen und Araber das Spiel bunt, und in der Verteidigung sorgen Schwule für Druck von hinten. *Keiner lacht.*

ERZÄHLER *von der Seite* Der Mantel ist alt. Nur die Löcher sind neu.

ÄRZTIN Wer Butter im Kopf hat, sollte nicht in der Sonne stehen.

LANDWIRT *zu Friedman* Hör mal, Schmalztolle, wen stellst du eigentlich ins Tor?

FRIEDMAN Im Tor spielt ne Nonne, die hat seit dreißig Jahren keinen mehr reingelassen. *Friedman lacht als einziger, wiehernd. Einer seiner Gefolgsleute deckt das Publikum mit Konfetti ein, die beiden anderen blasen übermütig Luftschlangen von der Bühne herab. Anschließende Kostümierung der Eskorte mit surreal-anzüglichen Narrenkappen und Masken ähnlich jener im Film „Clockwork Orange". Performance-artiger Auszug des Friedman-Doubles samt Geleit als karnevalistische Polonaise mit swingender Gesangseinlage von „Bei Mir Bistu Shein".*

ÄRZTIN Wir hätten es bei Ausschabungen und zerfetzten Föten belassen sollen.

ERZÄHLER Als Teil der Vergnügungsindustrie? Wir verarbeiten marktgerechte Halbfabrikate zu Fertigprodukten, mit dem bestmöglichen Finish, mit einer perfekten Oberfläche. Das Endprodukt darf keine Spur vom Arbeitsprozess erkennen lassen. Es interagiert weder mit dem Autor noch mit dem Publikum, es kauft ab, setzt vor und fordert von niemanden etwas ein. Haben Sie etwas auf dem Herzen?

ÄRZTIN Muss nicht brennen, was Kunst werden soll? Am Ende habe ich mich selbst gegeben.

Er tritt verschwörerisch an sie heran. Beide sprechen, wie unter Beobachtung, leise und selbstbeherrscht weiter.

ERZÄHLER Bin kein Grabscher, kein Monster und Sadist - war ich nie. Weder ein egomanischer Schreihals noch ein nordkoreanischer Diktator, der wochenlang Angst, Schrecken und Zwietracht unter Schauspielern verbreitet. Keine Szene, in der jemand Demütigungen erfahren musste, ist mir gewahr. Sollte jemand behaupten, ich hätte ihn aus Rache mehr als dreißig Mal das Wort „Hallo" aufsagen lassen, könnte es glatt gelogen sein. Wer bin ich, dass ich entscheide, wen ich in den Senkel stelle? Castorf?

ÄRZTIN Geht die Vernunft nach zehn Espresso stiften, kann der gesunde Verstand meine Hand ergreifen, solange er will. Wenn's im Autorenkopp wetterleuchtet und das Oberstübchen neurologische Rätsel lösen soll, dann pfeift das eine Schrift erstellende Ego auf teuren Rat und schlägt jede ärztliche Analytik in den Wind.

ERZÄHLER Waren Sie neulich nicht auf der Probe? Als die Besetzung ermattet aus den Federn kroch und wie aus heiterem Himmel vom Entrecote eines galicischen Weideochsen schwärmte? Wenn ich nicht irre, waren Sie damals diagnostisch ziemlich auf Zack.

ÄRZTIN Gegen die Hinterfotzigkeit unserer Schauspieler ist ohnehin kein Kraut gewachsen, gebe ich unverhohlen zu, da müsste man medikamentös mit Wasserstoffbomben gegensteuern.

ERZÄHLER Sie sehen blass aus, ist Ihnen schlecht? Sie haben hoffentlich ihre heiße Milch getrunken?

ÄRZTIN Das Niederschreiben von Theaterstücken hängt mir zum Gebärmutterhals raus. Da blickt man mit melancholischen Augen und lässt der Poetik ihren Lauf, und plötzlich sülzt hier der Beleuchter von Umsturztheorien wie einst beim Putsch gegen Demirel. Der Tod ist nichts, auch das Leben nicht das, was es verspricht. Ins Nichts zu verschwinden, was macht das schon? Das Leben braucht mich nicht. Der Fluss findet ohne den Menschen den Weg in sein Bett.

ERZÄHLER Ich brüh Ihnen einen Johanniskrauttee.

ARZTIN Ich entlasse sie in die Finsternis, aber niemand hat mehr den Geruch der Nacht in der Nase. Sie erkennen den Schrei der Amsel und schlendern die Straße entlang zu ihren Butzen, doch wie sie morgen aufstehen sollen - sie wissen es nicht! Sollte die Fantasie nicht Türen ins Universum aufstoßen? Wenigstens in ein anderes Grau? Ich schlafe schlecht, die Last der Toten beschwert mein Herz. Inspirationen, ich mag's mir kaum eingestehen, verdanken sich dunklen Orten, an denen von Einsamkeit und Mord, von Entfremdung und Flucht, von Trostlosigkeit und Verzweiflung berichtet wird. Neulich hab ich von Michael geträumt. Wie festgeschraubt sitzt ihm das schiefe Lachen im Gesicht, wenn er zu Songs von Bonnie Prince Billy zur Gitarre greift. I See a Darkness. Nachts krallen sich seine Fingernägel in verschwitzte Kissen, Gedankenspiele in Moll kratzen meinem papiernen Gesinde die Augen aus, ehe ich ihm die Bühne bereiten kann.

ERZÄHLER Sie sollten Geschichten schreiben, von denen Sie etwas verstehen. Über eine Welt, die Ihnen vertraut ist. Schön, ich schiebe Ihnen mal den Hemingway unter der Tür durch.

Abermals ergreift der Landwirt das Wort, in dessen Rücken sieht man die Ärztin und den Erzähler noch längere Zeit gestisch debattieren.

LANDWIRT Schaut's her, hab ich den Anwalt schreiben lassen, ich bin eine ehrbare Seele, grobe Hornhaut hat sich über meine Handfurchen gelegt, Schwielen, Narben überziehen einen Körper, der von durchlebten Erfahrungen gezeichnet ist. Züchte bunte Bentheimer, rote Husumer, und drück bei Bio mächtig auf die Tube. Stehe ich als Laienpfaffe auf der Kanzel, kann ich mir keine Ungereimtheiten im Nebenjob erlauben, nicht mal wackeln darf ich dort droben, sonst würden die wenigen Frömmler, die zum Gottesdienst schleichen, gleich ganz vom Glauben abfallen. Gewiss hat's mich gewundert, wie selbstverständlich mir bußfertige Worte über die Lippen gekommen sind, ich hab als Schweinepriester ja nicht eben nahe am Wasser gebaut, doch als König Davids Harfe erklingt und dem Küster erste Tränen der Ergriffenheit über die Wangen kullern, hält traute Harmonie ihre schützende Hand über die Gemeinde. Mehr als eine Stunde lassen mich die Schäfchen salbadern, leutselig gewissermaßen, wie treu ergeben wir ein und demselben Gott zuarbeiten, Juden und Christen, Sinti und Roma, Ernie und Bert, solidarisch Seit' an Seit'. Der Herr soll richten. So steht es geschrieben. Möglicherweise hat der Schöpfer vorausschauend ein Mittagsschläfchen gehalten, als sich die Frau Gesa ihre anrüchige Leibeshöhle von unerwünschten Nestbrütern hat räumen lassen, die war ja von jetzt auf nachher über alle Berge, zusammen mit dem Plebs, ausgewandert auf diese Insel, Tabaluga oder so, um der Strafverfolgung zu entkommen.

Landwirt ab, Fokus erneut auf die Ärztin und den Erzähler.

ERZÄHLER *zur Ärztin* War das Ihre Idee mit der Insel? Kann ich nicht glauben.

ÄRZTIN *verlegen* Na, hören Sie -

ERZÄHLER - Sicher nicht, oder?

ÄRZTIN *nimmt allen Mut zusammen, kleinlaut* Jemand musste sich erbarmen -

ERZÄHLER - Sie aus der Schusslinie nehmen, wollen Sie sagen?

Ärztin schweigt.

ERZÄHLER Das ist jetzt Beihilfe zur Flucht. Mindestens. Ist Ihnen je ein Landesverräter über den Weg gelaufen? Tough waren die wenigsten. Einigen hat man die Eier abgeschnitten, aber mehr als gequirlte Scheiße bekamen die Häscher selten aus ihnen heraus. Hey, sind Sie mutig? Keine Eisenfresserin, sieht man doch. Blasen Sie bloß nicht die Backen auf, sonst enden Sie wie der Taxifahrer. Hinterher singen alle unter der Gestapo-Lampe wie Caruso an der Met.

ÄRZTIN Ich wandere in einem düsteren Tal. Ackere wie ein Hafenkuli und sehe auf Schlachtfeldern das

Blut spritzen, und als Dank jubeln sie einen ständig Agententätigkeiten unter, gefälschte Impfausweise und Störungen der Totenruhe. Vielleicht verrechnen sie's ja generös mit der Entnahme einer meiner Nieren, damit sie die Akte Mata Hari schließen können. Ich hab noch Splitter im Körper. Aus dem Kosovo. Die Tussi vom Roten Kreuz hat mich für die Tapferkeitsmedaille eingereicht. Ich glaub nicht, dass ich sie verdiene, denn ich geh nicht wieder raus, gütiger Hippokrates, um keinen Preis der Welt, weder nach Moldau noch an die Fronten, an denen der Russe steht.

ERZÄHLER Wie soll es weitergehen?

ÄRZTIN Ich denk, ich mach was mit Homöopathie. Globuli und Potenzen. Und Sie?

ERZÄHLER Mein Schwager möchte umschulen. Der will den Steuerberater in mir erkannt haben.

ÄRZTIN Was Seriöses also.

ERZÄHLER Und Michael? Lassen wir ihn sterben?

ÄRZTIN Nur über meine Leiche.

ERZÄHLER *erleichtert* Der Micha ist der Teil von Ihnen, der nicht sterben darf. Wollt's nur hören.

ÄRZTIN *verzückt* - Dass Sie sich daran erinnern.

ERZÄHLER Was ist mit Karl May? Bad Segeberg wäre ein Neuanfang.

ÄRZTIN Der Kalkberg? Haben die nicht Feuer unterm Arsch wegen Redfacing und kultureller Aneignung?

ERZÄHLER Michael könnte als Stallbursche oder Rittmeister unterkommen. Für mich war er von Anbeginn ein Cowboy.

ÄRZTIN Ich soll ihm beim Umsatteln in den Steigbügel helfen?

ERZÄHLER Howgh.

ÄRZTIN Na, wenn's sich steuerlich rechnet.

ERZÄHLER Sehen Sie den braunen Fuchs dort? Es ist ihr Pferd. Der Intendant vom Volk der holsteinischen Dakota sucht nach einer Squaw fürs Bogenschießen und den Marterpfahl, die Tage machte er Andeutungen. Geben Sie sich einen Ruck, auf zu neuen Taten! Wenn Sie sich ranhalten, sind Sie vor Sonnenaufgang im Land der edlen Barbaren und künstlichen Kakteen.

ÄRZTIN Ich werde eine fesche Lola einführen müssen, die Ganoven mit Bratpfannen vertreibt.

ERZÄHLER Slapstick statt Showdown, die Kinder johlen.

ÄRZTIN Den bleichgesichtigen Ost-Apachen Gojko Mitić schicken wir nach dem ersten Akt in die ewigen Jagdgründe, wo er zur Pause Autogramme schreibt, und ja, die Zuschauer werden ihre Abfälle mit nach Hause nehmen müssen.

ERZÄHLER Schon die Indianer lebten im Einklang mit der Natur.

ÄRZTIN Keine neuen Verballhornungen, dafür moderate Eintrittspreise. Sechs Euro für Erwachsene, Kinder und Kriegskrüppel die Hälfte.

ERZÄHLER Familienfreundlich, integrativ, niedrigschwellig, sagt man doch?

ÄRZTIN Wir machen keine Kunst.

ERZÄHLER Scheiß auf die Kunst, runter mit den Blusen!

Ärztin entblößt ihre Brüste. Kess.

ÄRZTIN Von der Tribüne geht der Blick auf ein Naturpanorama, das selbst bei Hagelschlag im Abendrot liegt. Hier kommen Winnetou, Old Shatterhand und allerhand weiße Schurken die Sandschlucht runtergeritten. Raten Sie mal, wen wir zuerst über die Klinge springen lassen?

ERZÄHLER Fällt dort nicht ständig jemand vom Gaul, der verarztet werden muss?

Beide ab.

Sechzehnte Dressur - Unheildrohende Zeichen

Fenya, Gesa, Joon und Vitus beim Umherwandern, schwankend wie Rohre im Wind. Weil sie über die Sprache nicht vom Fleck gekommen sind, bemühen sie mehr als nötig die performative Choreografie eines Ringelspiels, um sich anzunähern. Wie unter Hypno-

se sehen sie sich beim Defilieren in die Augen, gehen weiter, berühren sich an anderer Stelle, matt und abgestumpft wie Kirmes-Ponys auf schicksalhaften Umlaufbahnen. Im Zustand spielerischer Verzückung zerzaust Fenya Gesas Haare, Joon quittiert die freundschaftliche Backpfeife, die ihm Vitus im Vorbeigehen verpasst, mit einem ironischen Lächeln. Hier ein zärtlicher Kuss auf die Stirn, dort ein beiläufiges Armstreicheln. Momente verstörender Vertrautheit, subtile, aber bedeutungsvolle Tschechow-Gesten, ein traumwandlerischer Pas de deux, der vergangene Konflikte und Zärtlichkeiten zitiert und den Beginn eines neuen, hoffnungsvolleren Kapitels in der Beziehung beider Paare andeutet. Als sie im Zentrum der Bühne kollidieren und ihre Hände zueinander finden, flattert aus dem Schnürboden ein Briefumschlag zu Boden. Gesa bückt sich, sieht, dass er an Fenya adressiert ist und gibt ihn ihr. Fenya öffnet das Kuvert. Liest, während die anderen sediert dreinblicken.

FRAU FENYA Ich schreibe Ihnen in Michaels Namen. Als sein Vorgesetzter. Ihr Sohn ist jetzt an einem anderen Ort. Wenn ich ihn erinnere, so führt er mir in Gedanken den Stift über das Papier, lässt die Worte darauf tanzen, als wollten sie sich dem Abschiednehmen verweigern. Es war spürbar, dass an jenem Tag etwas passieren würde. Die Kameraden sehen

in der Hitze einfach zu viele Menschen am Straßen-
rand, die zu ihren Handys greifen und telefonieren.
Die Zeichen standen auf Unheil. Ich würde lügen,
behauptete ich, keine Angst verspürt zu haben. Das
Geräusch des Sperrfeuers war uns bekannt. Metall
trifft auf Metall. Doch noch nie haben sie sich mit
Sprengstoffgürteln und Panzerfäusten so dicht an
unser Einsatzfahrzeug herangewagt. Der Geschoss-
kopf durchdringt mit einem Knall die Panzerung des
Fuchses. Maria versucht noch, Michaels Blutungen
zu stillen, dann stirbt er in ihren Armen. Ihr Sohn
hat im Grunde die Wucht der Explosion mit seinem
Körper aufgefangen und uns alle vor dem sicheren
Tod bewahrt. Auf dem Bolzplatz mag er kein Pelé
gewesen sein, aber als Arzt ging er ebenso beherzt
zu Werke wie Donald Sutherland in „MESH". Und
dass er den türkischen General, diese neoosmanische
Drecksau, im Halbfinale krankenhausreif gefoult
hat, werden seine Mitspieler in ewiger Erinnerung
behalten - *Sie stockt. Erstarrt.*
Niemand bewegt sich. Dunkel.

Siebzehnte Dressur - Stille Rückkehr in
den feuchten Dreck

*Eine dünne Schneeschicht auf dem ramponierten
Taxi, auf dessen Scheiben die Worte „Putinversteher"*

und „Judensau" eingeschrieben sind. Licht über einem Tisch, an dem Michael, der Taxifahrer, die falsche Catharina Valente und die Raupe kauern, dort - einer drögen und ritualisierten Abfolge gehorchend - schreiben und stempeln. Lust- und geräuschvoller als beim Verfassen der Briefe gehen die vier beim abschließenden Frankieren mit Speichel zu Werke: Überzeichnete, wiederbeseelte Leichen, deren Körper die Spuren tödlicher Verletzungen grotesk zur Schau tragen, Michaels aufgebrochener Torso, das vertrocknete Blut rund um die klaffenden Wunden bei den anderen. Daneben, kopfüber im Halbschatten dörrend, der übel zugerichtete Tsunamigott an einem Holzkreuz, mehr tot als lebendig. Catharina Valente hält inne und schaut zu ihm rüber.

CATHARINA VALENTE Hat ihn jemand gekannt?
RAUPE Auf der Insel haben sie an seinen Lippen gehangen. Sagt man. Ein Ort, an dem es nie dunkel wird
TAXIFAHRER Besser, wir lassen ihn hängen.
RAUPE Bis er stinkt? Nicht euer Ernst.
CATHARINA VALENTE *stellt, in Anbetracht der riesigen Menge unbearbeiteter Konvolute, die Arbeit ein.* Kann mir jemand erklären, wieso das ganze Sterbegeld für Porto draufgeht? Jetzt, wo die Christel dem Garten Eden zugeteilt ist und unsere erbauliche

Briefpost nur mehr den Weg auf verstaubte Dachböden findet? Warum amüsieren wir uns nicht? Ich hab ne Kirmes mit Geisterbahn gegoogelt.

MICHAEL *zu Catharina Valente* Hast du ne Briefmarke? Damit ich dir eine kleben kann.

RAUPE *kapriziös* Bekomme blaue Schwielen vom Schreiben, vielleicht sollte ich ne Erholung beantragen. Algentinkturen mit Seeluftbrise und Kurschatten. Sechs Wochen Büsum plus Verlängerung. Die Stichwunde über der Leber will nicht verheilen. Was ist mit euren nässenden Stümpfen?

TAXIFAHRER *in sich gekehrt* Wie hieß er noch mal?

CATHARINA VALENTE Tsunamigott.

RAUPE Künstlername.

TAXIFAHRER Crazy, unter welchen Vorzeichen hier einige als Entertainer durchstarten -

MICHAEL *mahnt, in weiser Voraussicht auf den schwindenden Arbeitseifer, Tempo an.* - Denkt wohl, Fleiß ist des Teufels Bote, wenn ihrs Tagwerk vor euch herschiebt. Eile mit Weile, aber dalli! Seitdem das Brieftäubchen im Gefilde der Seligen austrägt, schieben sie drüben im Amt keine Überstunden für traurige Gestalten wie uns.

CATHARINA VALENTE *verhohnepiepelnd* Jeder Satz ist wichtig. Wie im Theater.

MICHAEL Niemand macht sich zu nem Gaul, der vom Teufel namens Ungeduld geritten wird, bloß weil er zeitig zu Potte kommt.

TAXIFAHRER Der Hastige hat Füße, die ihn tragen, aber einen Kopf, der nicht bei der Sache ist.

Die Runde gluckst und gickelt. Während alle die Köpfe wieder in den Papierhaufen stecken und komödiantisch Betriebsamkeit vorgaukeln, keschert Michael die bereits fertiggestellten Postsendungen sauertöpfisch zu sich heran und sortiert sie im Duktus eines absurden Sketchs vor.

CATHARINA VALENTE *schnuppernd* Riecht ihr's? Aasig mieft's.

Alle schauen zum Tsunamigott, dem ein kurzes, schauerliches Bellen entfährt.

RAUPE Heiße Luft entweicht dem Glaubensmann.

MICHAEL Dunkel wird's.

CATHARINA VALENTE Wie immer.

MICHAEL Zeit zu gehen.

CATHARINA VALENTE Ums Grab zu bestellen.

MICHAEL Mit Söldnerarbeit kenn ich mich aus.

CATHARINA VALENTE Geht's dir gut, Michael?

MICHAEL Kann nicht klagen.

CATHARINA VALENTE Ich sehe deinen Hüftspeck.

MICHAEL Die sitzende Beschäftigung. Das ständige Herumliegen.

CATHARINA VALENTE Warum hat's dich erwischt?

MICHAEL Die haben mein Versetzungsgesuch

verschlampt. Als es mich traf, hätte ich mich längst durch den Südsudan ballern müssen.

RAUPE Wolltest du nicht die Führungsrolle im Mittelfeld gegen die Türken übernehmen?

MICHAEL Papperlapapp! Hatte mich für Gaza beworben.

CATHARINA VALENTE Also, ich hätte mich vermutlich erhängt.

MICHAEL Ach ja, den Gürtel haben sie mir weggenommen.

CATHARINA VALENTE Hat's weh getan?

MICHAEL Gepfiffen hat's wie in ner Tauchglocke. Füllt's die Lunge mit Blut, beißt so ein Häuflein Mensch verlässlich ins Gras.

CATHARINA VALENTE Und jetzt?

MICHAEL Still ist's. Kennt ihr ja.

RAUPE Komm, ich dreh dir eine!

MICHAEL Hab mir das Rauchen abgewöhnt.

CATHARINA VALENTE Schön, Michael. Ich bin so stolz! Jeder hier ist stolz auf dich! *Die Runde nickt.* Sicher geht's dir jetzt besser.

MICHAEL Der Husten ist weg. Ich spucke auch kein Blut mehr.

TAXIFAHRER *angefressen* Die Christel von der Post hatte gekündigt. *Frostig* Ist euch natürlich entgangen.

Schweigen.

RAUPE Wir wollten es dir sagen.

MICHAEL *kleinlaut* Wollten wir.

CATHARINA VALENTE Jeder stirbt für sich allein. Steht mit einmal Gevatter Tod in der Tür, kann die gottlose Seele nach ihrem Ableben nur hoffen, nicht von Leichenbesiedlern wie der Schmeißfliege heimgesucht, sondern beizeiten vom eigenen Hund verspeist zu werden.

RAUPE Kann nicht meckern, die alpenländische Dachsbracke hat sich gleich einen von der Palme gewedelt, als sie meinen leblosen Körper im Entwässerungsgraben neben der Landebahn aufspürte. Nur gut, dass der Ölprinz mitsamt Gefolge unter Humba Täterä weitergezogen ist, dem hätt's die Sprache verschlagen, wie's sich der Köter vom Jägersmann mit der Pfote besorgte.

MICHAEL Die Pflegedienste auf dem Lastenfahrrad hatten sie ausgebremst.

RAUPE Verfluchter Zweitjob!

CATHARINA VALENTE Der letzte Brief gab der Christel den Rest. Vergangenen Mittwoch zog sie den Stecker.

TAXIFAHRER Wurde sie denunziert?

RAUPE Warum sollte sie jemand ans Messer liefern?

TAXIFAHRER Der größte Lump im ganzen Land, das ist und bleibt der Denunziant.

CATHARINA VALENTE War's einer von uns?

RAUPE Wie das Land, so dessen Verräter.

TAXIFAHRER Die Hunde, denen man es nicht ansieht, sind die krummsten. Die Wände mögen keine Ohren haben, aber was hilft's, wenn den Türen Augen wachsen.

CATHARINA VALENTE Die Beine wird er allemal ausgestreckt haben unter unserem Tisch, der Haderlump.

Wie auf Geheiß ziehen alle ihre Beine ein. Die Raupe schaut bedröppelt an sich herunter.

MICHAEL Schlafen wir heute durch?

CATHARINA VALENTE Durch und durch.

MICHAEL Keine bösen Träume?

CATHARINA VALENTE Überhaupt keine Träume.

MICHAEL Der erstickte Schrei des Paradiesvogels? Der lautlose Todeskampf der Schildkröte im Geisternetz der Fischer? Stirbt ein Mensch, wenn das Käuzchen ruft? Welch Schuft behauptet, Nachtmahre verschwänden von allein?

CATHARINA VALENTE Wir sehen alles und hören nichts.

MICHAEL Glaubst du an Gespenster?

CATHARINA VALENTE Ja.

RAUPE Schon mal eins gesehen?

CATHARINA VALENTE Am laufenden Band.

TAXIFAHRER Den Toten geht es gut. Ruhetage ohne Ende, eine stille Rückkehr in den feuchten

Dreck. Wenn der Schmerz vorbei ist, kann die Freude beginnen.

RAUPE Haben wir unseren Humor wiedergefunden?

CATHARINA VALENTE Keine Witze, bitte!

RAUPE Gewiss war's der Aschenbecher, der roch wie ein nasser Hund. Typisch Volkswagen. Dem Chinesen wäre das nicht passiert.

TAXIFAHRER Bei dem feiert das Haustier die Wiedergeburt im Kochtopf.

CATHARINA VALENTE *fasst sich beim Aufstehen clownesk ins Auge, taumelt artistisch umher* Oh weia, mir hat's die Kontaktlinse zerschossen! *Läuft krachend gegen die Wand.* Dingdong! Herein!

TAXIFAHRER *gefasst* Hat alles ins Grab genommen.

MICHAEL Die Kindheit mitsamt dem Postwesen.

RAUPE Christel, ach Christel.

MICHAEL *zum Taxifahrer* Hatte sie kein Flugticket? Ihr habt doch über Crowdfunding geredet?

TAXIFAHRER Fühlte sich zu jung für die Insel.

MICHAEL Nun gut, Bürgergeld wollte sie auch keins beantragen.

TAXIFAHRER *wischt sich eine Träne aus dem Augenwinkel.* Sie hatte sich als Müllwerkerin beworben, Kindheitstraum, schon wegen der schmissigen Uniform, die dort aufgetragen wird. Alles in trockenen Tüchern, aber der Arbeitgeber hatte beim Bewerbungsgespräch Konsequenzen angemeldet, weil er ihr Staatsexamen in Jura in Zweifel zog. Ihr zu Ehren haben wir alljährlich die jakutische Winterstraße angelegt, um Eierkuchen und Teigtaschen in die Städte und die bittere Wahrheit außer Landes zu karren, zwölf Tage und Nächte bei minus sechzig Grad über zugefrorene Sumpfgebiete. Alle Hoffnungen sind winterhart. Ostsibirisches Sprichwort. Winterhart wie der Grünkohl und das Versprechen auf die Zukunft. Bin ich politisch? Selbstvergessen sitze ich im angemieteten Vierzigtonner, kutschiere mit Gottvertrauen allerlei Sehnsüchte durch die Pampa und habe etwas dagegen, wenn man mir ins Lenkrad greift. Die Städte in meiner Heimat gleichen Mondlandschaften. Überall Bettler und Obdachlose, die im Müll ein Zuhause gefunden haben und ganz anders aussehen als die Penner hier. Dick eingepackt in Zeitungen, die Köpfe unter kotverschmierten Tarnwesten vergraben. Wenn es dunkel wird, ploppt im zerbombten Parkhaus ein Pappkarton nach dem nächsten auf. Gestern hat es geregnet. Ich habe nur Beine gesehen, die aus Hausfluren schauten. Mich hat's gleich an den Horrorfilm erinnert, der am Bahnhof als Pausenfüller zwischen den Pornos läuft. Ratten fressen kleinen Kindern bei lebendigem Leib Löcher in den Leib und arbeiten sich - *Er stockt unter der sakralen Stimmung, von der jeder erfasst ist.* So lasst uns beten.

Alle beten und atmen still.

MICHAEL Ich liebe das Graben. Wenn die Schaufel auf knirschende Knochen trifft.

TAXIFAHRER Keine zwei Löcher sind gleich.

MICHAEL Jedes einzelne Loch ist ein Kunstwerk. Niemand gräbt für Brot allein.

RAUPE Diesen Mittwoch geht sie in die Küche. Schwarzes Kettenfett unter den Fingernägeln.

TAXIFAHRER Löffelt Joghurt. Findet den Brief. Durchgeschoben unter der Tür. Öffnet den Brief. Liest den Brief.

RAUPE Liebe Christel, wieso hat man vergessen, dich mitzunehmen? Erinnere dich der Zeit, als das Ostvolk gehorchen und sein Schicksal dem Grünkohl anheimgeben musste! Neuengamme. Wittmoor. Ahrensbök. Noch stehen die Weiler für fette Erträge und blutgetränkten Mutterboden.

TAXIFAHRER Dezember einundvierzig. Bei Ladelund geht der zwangsarbeitende Russki über den Deister, die Nase dicht über der gefrorenen Scholle des arischen Junkers. Der bittere Geschmack von Wintergemüse im Mund, ein letzter Atemzug an der kraus gefalteten Blattrosette, sodann vereisen die slawischen Nasenlöcher. Wer liegenbleibt, wird an Ort und Stelle verscharrt.

CATHARINA VALENTE *nimmt erneut Platz, nach-*

dem sie sich die Kontaktlinse gerichtet hat. Hungerjahre. Kein anderes Wort klingt so sehr nach Siegfried Lenz, Katzenjammer und großem Oje.

RAUPE Löffelt den Joghurt aus. Spült den Löffel. Schließt das Fahrrad ab. Kommt zurück. Macht den Gasherd an und steckt den Kopf hinein. Auch ne Art, nen Brief zu beantworten.

CATHARINA VALENTE *zum Taxifahrer* Dass du sie kostenlos befördert hast, wann immer ihr Körper nach Schichtende kollabierte und vom Sattel zu rutschen drohte, lässt uns vor Scham im Boden versinken.

TAXIFAHRER *betreten* Lasst nur, hatte wohl Langweile. Im Pornokino wischen sie zwischen drei und fünf immer durch.

CATHARINA VALENTE Cute, so cute!

MICHAEL *zum Taxifahrer* Dein Schneid macht uns glatt verlegen. Muss dir nicht peinlich sein.

RAUPE Hab zufällig mitbekommen, wie ihr Nachfolger ausgeflippt ist. Hat die Post in den Gully gestopft. All die adressierten Worte, hinausgespült aufs Meer.

CATHARINA VALENTE *sentimental* Ich vermisse euch.

TAXIFAHRER Aber wir sind doch bei dir.

CATHARINA VALENTE Ich vermisse euch eigentlich nur dann, wenn ihr bei mir seid.

MICHAEL, *die* RAUPE *und der* TAXIFAHRER *im Chor* Wenn du uns wirklich liebst, dann stirbst du nicht!

Alle lachen. Rostig und krank. Der Taxifahrer kriegt sich als erster ein.

TAXIFAHRER Höre ihr Brabbeln, den harten Akzent. Die bangen Flüche beim Ausfahren der Post werden mir in den Ohren liegen, wenn das diensthabende Fleisch schon den Maden gehört und die krummen Glieder sich in der Freundlichkeit der Erde aufzulösen beginnen.

RAUPE Wir legen das gelbe Fahrrad wie eine Decke über sie.

MICHAEL *aller Illusionen beraubt* Ein einziges Loch?

Alle nicken. Schweigend teilt das Quartett die restliche Post unter sich auf und tritt ab. Michael kehrt zurück, einen letzten Blick auf den Tsunamigott werfend. Greift zur Schaufel. Macht das Licht aus.

Über das Stück

Wo ist Michael? Gefallen in Afghanistan? Verschollen im Elbsandsteingebirge? Oder hat der junge Mann seinem alten Leben einfach Ade gesagt und verbringt die Tage abgeschieden auf Spitzbergen, wo er als Söldner böse Russen belauscht? Fenya und Joon zumindest glauben im Bilde zu sein, wenn sie sich in trauter Zwiesprache über Michaels Feldpost an das ungeklärte Schicksal ihres einzigen Kindes heranrobben. Doch sind dessen Briefe authentisch? Und was ist das eigentlich für ein Theaterhaus, in dem die Leidensfähigkeit des Publikums bei niedriger Raumtemperatur auf die Probe gestellt wird und die Zuschauer sich zu Vorstellungsbeginn von Putin distanzieren müssen, um überhaupt erst eingelassen zu werden?

Auf der Bühne selbst rücken die Gespenster der Vergangenheit einem anderen Schmerzens-Paar in dem Maße zu Leibe, je mehr es seinem gelebten Leben zu entfliehen versucht: Je weiter sich Gesa und Vitus im entlegenen Auswanderparadies von Tuvanaro von ihren Ängsten entfernen, umso drastischer treten Tod und Vergänglichkeit an sie heran. Wie ein runtergerockter Zauberberg thront die wundersame Seniorenresidenz über dem geschliffenen Eiland und wächst zum allegorisches Kraftzentrum der Aufführung heran - als verheißungsvolle Schimäre und Rentner-Knast zugleich.

Das Stück verschränkt die schicksalhaften Lebenslügen siechender Pensionäre mit den postkolonialen Herrschaftsstrukturen im Zeitalter des transkontinentalen Massentourismus. Sind sämtliche Ressentiments erst einmal aus ihren Rollkoffern befreit, fallen dem ergrauten Quartett auch schon die Folgen des Klimawandels vor die Füße. Während gerupfte Insulaner gegen pazifische Zyklone und einen Meeresspiegel ankämpfen, der ihnen häufig bis zum Halse reicht, ringen sich die Neuankömmlinge in der Südsee letzte Glücksmomente im Spätherbst des Lebens ab. Alte, weiße Europäer, die auf Vergebung in der Ferne hoffen, treffen auf traditionsbewusste Insulaner, deren krude Legenden aus gelebtem Schamanismus ins Kraut zu wachsen drohen. Wer hier auf seinen turbokapitalistischen Geschäftssinn vertraut, wird die Unbill des Kulturschocks noch tapfer erdulden, dürfte aber vor jäh hereinbrechenden Wetterkapriolen kaum mehr zu retten sein.

Die materielle Welt hat ausgedient. Doch die Hoffnung, dass die Erde endlich durchatmen kann, wenn der Mensch sie räumt, wird sich nicht erfüllen, so lange die Künstliche Intelligenz nicht lernt, auf eigenen Beinen zu stehen. Erfasst vom Rausch ständiger Perspektivwechsel und absonderlicher Vexierbilder, von unerfüllten Träumen und schrulligen Maskierungen, fördert dieses Theater-im-Theater beharrlich bittere Wahrheiten zu Tage: Gesa hat einst abgetrieben und postuliert das Nichtmuttersein noch im Alter als feministischen Akt, Fenya hingegen erschafft sich ihren Michael fortwährend als ikonische Vorspiegelung, um den Schmerz über die eigene Unfruchtbarkeit wachzuhalten. Über den Zwist der Frauen und die unterschwellig dampfende Potenz der Ehemänner entwickelt der Text ein viriles Eigenleben, das am ambrosischen Alterswohnsitz zwischen bleierner Lethargie und ausschweifendem Libertinismus mäandert. Glasiert wird das disruptive Setting von der neobarocken Dekadenz eines selbsternannten Tsunamigottes, der als autokratisch-verpeilter Alt-Hippie über eine von Idioten und Umweltfrevlern bevölkerte Insel wacht, die nur deshalb als elysischer Garten Eden erblühen darf, weil kräftig mit Leichen nachgedüngt wurde. Der ihm zugeschriebene Kampf gegen die Erderwärmung liefert dem despotischen Freak wiederum den ideologischen Nährboden, sich allzeit als altruistischer Weltenretter aufzuplustern.

Nicht weniger als sechsunddreißig durchweg verkommene Kreaturen fallen in diesem Bilderzyklus regelrecht aus ihren Rollen. Ein verstörendes Personal, das der Autor in einer polythematischen Rätsel-

revue häufig mit dem absurden Behauptungstheater
verblockt, andere Male an den Irrwitz einer splatterartigen Tierfabel kettet. Ein derangiertes Michel-Friedman-Double irritiert darin mit zotigen Judenwitzen ebenso wie eine konfuse Tumorzelle, die
fortwährend ihren Auftritt verpatzt. Daneben können eine unechte Catharina Valente, vom Glück verlassene Taxifahrer und ein masochistischer Paradiesvogel bestaunt werden, besserwisserische Raupen,
messermordende Skorpione und gleichermaßen in
ihrer sittlichen Integrität angezählte Glaubensbrüder
und -schwestern.

„Tsunamigott, address unknown" zwingt in den
Nahkampf aus monströser Vergangenheits- und aktueller Krisenbewältigung, aus dem selten eindeutige
Sieger heraustreten. Beiläufige Beschreibungen extremer Brutalität und Gewalt folgen der Definition
freudscher Triebabfuhr, wonach gelacht werden darf,
wenn das Blut fließt. Bis in die psychologischen Verästelungen hinein wird in albtraumhaften Bildnissen von der Kraft der Imagination, dem Schmerz nie
erlebter Entbindungen und dem Fremdwerden im
eigenen Körper erzählt, von Anti-Abtreibungs-Kapellen, Kaninchen-Geburten und der Auslöschung
jeglicher Individualität in einem reizüberfluteten
Kosmos, in dem die Atemluft zur Neige geht. So vermittelt das episodisch gewirkte Stück zuweilen den

Eindruck eines hypermedialen Feldversuchs, der die Frage aufwirft, ob vollkommene Gefühllosigkeit in der Denkweise eines Anders Breivik möglicherweise doch reproduzierbar sei, wenn schon nicht real, dann bei der Inszenierung verworrener Grausamkeiten.

Beim Frankieren der Post halten die Verstorbenen hier letztmals Gericht über die Lebenden, ein sakrales Setting, in dem sich Wahrheit und Wahnsinn nach Vorbild des biblischen Abendmahls verschrauben und am Ende nicht klar wird, was ist, was sein könnte. Natürlich lässt sich dieses neutestamentarische Traumspiel als hochtouriger Zeitkommentar lesen, als düstere Vorstudie zur zechenden, spätkapitalistischen Selbstdressur. Glücklicherweise aber schillert Hergets Humor gerade in den dunkelsten Momenten seines dystopischen Grusels am hellsten. Dann zwingt uns ein Figurenensemble als Potpourri grenzwertiger Neurotiker eine universell zugängliche, zu Diskussionen zwingende Bühnen-Satire auf, die als surrealer Bilderbogen über die Seelenlandschaft erratischer Industrienationen grimmige Situationskomik bereithält.

Thomas Herget bei BoD

„Wer immer sich noch - ungeachtet aller Kriege,
Pandemien und Großkrisen - ein befreiendes
Lachen abgewinnen möchte, der erhält mit
diesen absurd-sprachwitzigen Theaterstücken ein
tragikomisches Starterkit." *Mallmölen, Emden*

Revolverfressen
Drama, ISBN 978-3-7481-3122-9 (eBook 978-3-7481-
1457-4)
Wir aßen sie roh
Drama, ISBN 978-3-7519-0302-8 (eBook 978-3-7519-
3985-0)
Kalium
Hörspiel, ISBN 978-3-7519-0736-1 (eBook 978-3-
7519-1034-7)
Harmony Place
Drama, ISBN 978-3-7534-1992-3 (eBook 978-3-7534-
1251-1)
*Terrence McNally tanzt keinen Tango mit toten
Fischen auf Balkonen*
Drama, ISBN 978-3-7543-4929-8 (eBook 978-3-7543-
7185-5)
Die Liquidatorinnen
Drama, ISBN 978-3-7557-9631-2 (eBook 978-3-7557-
2286-1)

Und stillet den Zorn
Hörspiel und Prosa, ISBN 978-3-7543-1217-9 (eBook 978-3-7562-8038-4)

Napalmjenny. Bonobos schmusen inkognito
Hörspiele, ISBN 978-3-7568-1567-8 (eBook 978-3-7568-4662-7)

Eleanor Rigby verlässt New York und ertrinkt in Liebe
Hörspiel, ISBN 978-3-7347-4126-5 (eBook 978-3-7578-9372-7)

Tsunamigott, address unknown
Drama, ISBN 978-3-7597-6052-4